LES RACINES DU LABYRINTHE

Tome 2
Dualité éclairée

Nabil Ziane

Les Racines du Labyrinthe

Tome 2
Dualité éclairée

LXKeys

ON NE PEUT LIRE QUE SON LIVRE

— Nabil Ziane

PROLOGUE

Les mots qu'Allan a lus tournent toujours dans sa tête. Depuis ce jour de septembre où il a entamé la lecture de l'Ultima Codex au King's Court, il est devenu un autre. Inexplicablement, ce recueil de textes trouvé à Prague a amorcé une métamorphose inexorable. Depuis, ce manuscrit le hante. Combien de jours a-t-il passé à lire et à relire ces 72 textes ? Une éternité. Une éternité consacrée à l'apprentissage, au séquençage, à l'étude des variations de langage. Une éternité.

Allan n'est plus le même homme. Celui qui autrefois rayonnait de bonne humeur inspire aujourd'hui presque la pitié. Son air jovial et plaisant s'est assombri, laissant place à un visage pensif et fermé. Ni les charmes de Prague, ni la quiétude du Temple, ni même la présence réconfortante de Kešu ne peuvent combler son désespoir apparent. Son aspect désolé rend tristes et mélancoliques ceux qui avaient l'habitude de le côtoyer, incapables de saisir la cause de ce changement soudain.

Et pourtant, Allan ne se sent pas malheureux. Au contraire, l'Ultima Codex a opéré en lui une catharsis profonde, provoquant une libération émotionnelle intense. Les vers, à la fois libres et contraints par leur lettre initiale, reflètent sa propre existence, libre mais enchaînée.

Toutes les émotions enfermées dans le manuscrit se libèrent en Allan : la peur, la tristesse, la colère, la joie, la compassion, l'amour, le pardon. Tout jaillit de ce corps trop frêle, résonne dans ce cœur trop fragile.

Prostré, les réminiscences de sa vie figent son visage autrefois si expressif. Neuf mois seulement se sont écoulés depuis la découverte de ce livre : le temps nécessaire à une renaissance.

Ce jour de juin 2024, à l'aube de ses quarante-trois ans, Allan se réveille au Temple, dans cette chambre qu'il occupe depuis près de dix ans lors de ses séjours à Prague. « Encore un matin », se dit-il en ouvrant les yeux. Encore et toujours ce matin, pense-t-il, désabusé. Guidé par sa routine, il s'habille, sort de sa chambre calmement, s'installe au bar de l'hôtel et demande poliment son café.

Les yeux de Piotr s'embuèrent à la vue de celui qui, il y a quelque temps encore, saluait tout le monde de manière si conviviale.

Aujourd'hui, il ne reste de cet homme que son ombre.

— Your coffee, Allan.
— Thank you, Piotr.
— You're welcome.

Temple Hôtel, Prague, 10 juin 2024

III

7 – Incognito

Certains moments de l'existence changent toute une vie. Cette nuit d'octobre 2005 à New York est l'un de ces moments.

Depuis plus de six mois déjà, je vis dans cette ville fascinante. Fier de mon succès, dû principalement à mon audace et à ma jeunesse, je me laisse vivre. Le jour, je flâne dans les avenues de Manhattan, et le soir, je fréquente ses lieux les plus privilégiés. Ces années de ma jeunesse américaine resteront à jamais gravées dans ma mémoire comme ma décennie flamboyante. De Miami à New York, de Chicago à Los Angeles, la découverte d'un nouveau monde me donne le sentiment de toute-puissance, de contrôle total de ma vie. L'illusion que rien ne saurait jamais freiner ma fulgurante ascension : erreur fatale ou péché d'orgueil ? Qui peut le dire ? À vingt ans, tout est possible, c'est ce qu'on dit.

Ce soir d'octobre 2005, j'ai vingt-quatre ans. Je fais semblant d'ignorer que je n'ai plus vingt ans. Qu'importe.

À cet instant, je suis le plus beau et le plus riche; le reste peut attendre.

Ce jour d'automne, comme à mon habitude, j'occupe ma journée à visiter les boutiques de la 5e Avenue. Je ressens un plaisir irrationnel à parcourir cette avenue chaque jour, de l'Upper East Side jusqu'à Times Square. Ensuite, je continue jusqu'au Financial District pour me mêler aux traders, aux touristes et à la foule, admirant la frénésie new-yorkaise à son paroxysme.

Souvent, je continue jusqu'à la pointe de Manhattan, choisissant au gré du vent, l'Est ou l'Ouest pour remonter la ville au bord de l'eau. La promenade avec une vue sur le New Jersey à l'Ouest ou sur Brooklyn à l'Est est inestimable. Ainsi va ma vie, jour après jour.

Ce soir-là, il fait gris et froid. Arrivé à Union Square, je préfère prendre un taxi pour parcourir les quelques rues jusqu'au *Oscar Wilde*. Ce bar au style victorien est proche d'un lieu que je fréquente depuis ma venue dans cette ville : le Baruch Performing Arts Center. D'ailleurs, ce sont les acteurs qui répètent au BPAC qui m'ont fait découvrir cet endroit. Le nom m'a attiré. Quelquefois, j'y vais pour rencontrer l'auteur, ou s'il ne peut pas y être physiquement, au moins retrouver son esprit. Cependant, de Wilde, il n'y a pas grand-chose. Si ce n'est la décoration raffinée et surannée, il n'y a rien du génie littéraire. Cela dit, je suis là, comme souvent. Seul. Car dans le grand voyage de ma vie, je suis toujours seul.

Néanmoins, ce soir est différent des autres. En rétrospective, je sais que cet instant changera ma vie. Pour l'instant, je le vis simplement.

Il commence à se faire tard, et les danseurs ont pris place sur les podiums du bar. Il y en a pour tous les goûts et de tous les styles. Seul, rêvassant comme toujours, je savoure ma luxueuse vie, loin de tout, bien qu'au centre de tout.

Que sera ma vie future ? Quelle direction prendra la suite ? J'ai l'embarras du choix et le privilège de m'en soucier. Déjà, à cet âge, je me pose des questions existentielles : j'extrapole, j'imagine, je me projette. Plus tard, j'apprendrai que j'ai sans doute perdu un temps précieux. Plus tard.

— Bonjour.

Un homme d'environ quarante ans s'approche du canapé où je suis affalé et me dit bonjour d'un air sûr de lui. Je le regarde, blasé et quelque peu irrité par cette intrusion et par l'interruption forcée de ma réflexion transcendantale.

Il me sourit et me dit, en anglais cette fois :

— Are you alone? Can I sit?

Savoir si je suis seul et demander de s'asseoir, me laisse froid. Je réponds simplement oui.

Il continue :

— Where are you from?
— Belgium.
— Are you a model?
— Yes, I am.

C'est la question que tout le monde me pose à chaque rencontre de ce type. Lui se pense original, il est si tristement commun.

— Can I offer you a drink? What do you drink?

Me laisse-t-il seulement le choix?

— Vodka with ice.
— Okay, I'll be right back.

De retour près de moi avec ma vodka et sa bière, il reprend son monologue.

— Well, are you from Brussels?
— Yes.
— My sister lives there. Her husband works for National Security.
— Good, but why does her husband live in Brussels if he works for US National Security? Is this another American paradox?
— That's a good one. You're smart.

Comme toujours, pour contrer l'ennui des discussions stériles, je ponctue les phrases de questionnements absurdes. Il ne me connaît pas, il rit.

— Oh, my name is Harry. What's your name?
— Allan.

La lourdeur d'un silence prolongé s'installe. Je ne veux pas parler, je n'ai rien demandé.

Cet Américain, basique, ne m'enchante pas. Il n'y a rien qui suscite ma curiosité ni mon envie de lui parler. Il insiste, sortant de la torpeur de ce blanc imposé.

— When I am in Brussels, I like to go to the *Incognito* bar. Do you know this place ?

Miracle, mon intérêt s'éveille. Je ne connais pas l'*Incognito*, mais je sais que cette information m'intéresse. Je sais que je dois visiter ce bar. Pourquoi ?

Harry, un New-Yorkais, débarquant de nulle part, occupe mon canapé et me parle d'un lieu que je devrais normalement connaître et dont je n'ai jamais entendu parler. Aussi, le nom m'intrigue.

Je lui demande :

— Where is it ?
— Rue des Pierres, in the center.
— I see, never been there.
— Alex is the bartender, I like him. He's a very nice guy.

Heureux d'avoir capté mon attention, il me parle d'Alex, le barman qu'il apprécie, et finit par me raconter le genre de soirées qui s'y tiennent.

Je garde en mémoire ces paroles. Je sais que j'irai à l'*Incognito*. Dans quelques mois, je rentre à Bruxelles quelques jours. Je veux voir cet Alex, apparemment si bien.

Lassé de cette discussion, mes yeux se posent sur un jeune danseur au mouvement gracieux, sur lequel je me repose visuellement. Après sa prestation, il m'aborde tout sourire et nous discutons gaiement. Exclu de notre conversation, Harry se lève, me laisse son numéro sans grande conviction, puis s'en va.

Ce soir-là, la vie d'Allan va radicalement changer. Il le comprendra dix ans plus tard.

Le danseur et moi quittons le bar vers deux heures du matin. Ensemble, nous marchons quelques mètres et prenons un taxi vers un club situé au croisement de la 5e Avenue et de la 55e Rue.

Quelques minutes plus tard, nous débarquons dans ce lieu exclusif. La nuit s'annonce folle, les stars new-yorkaises sont toutes là, l'ambiance est survoltée.

À un moment, je réalise que le danseur est toujours avec moi. Je ne sais ni comment, ni pourquoi ce mignon me suit depuis plusieurs heures d'un lieu à un autre. Soit, il a l'air beau et plaisant, alors ça va.

Et c'est tout.

En ouvrant les yeux, le matin suivant, une vue vertigineuse sur la ville de Manhattan s'étend devant moi, avec l'Empire State Building se détachant à l'horizon. Aveuglé par la lumière qui inonde un somptueux loft, je tente de comprendre où je suis. Posé sur un immense lit d'un blanc immaculé, je suis hypnotisé par le panorama incroyable qui s'offre à moi. Les vitres cristallines qui entourent l'entièreté de l'appartement donnent le sentiment d'être dans une capsule quelque part entre ciel et terre. Ce luxe insensé en plein New York est inconcevable à mes yeux. Pourtant, c'est bien ici, dans ce loft prestigieux, que je me suis réveillé.

Rapidement, des questions se bousculent dans ma tête. Combien de temps a duré cette nuit? Combien d'heures suis-je resté dans ce club? Qui est le danseur? Qui est Harry? Qu'est-ce que l'*Incognito* à Bruxelles? À qui appartient ce loft? Pourquoi suis-je seul? Comment ai-je atterri ici ?

Posé comme sur un nuage, je peine à sortir de ce lit si douillet. D'autant plus que je rêve à cet instant d'y demeurer éternellement. Je fantasme sur ma vie comme si tout ça m'appartenait pour toujours. Un étage entier transparent entouré de lumière dans le cœur de Manhattan. Comme seule limite à l'infini le sommet des tours qui rivalisent de grandeur pour s'imposer à la vue des habitants des cieux.

Si seulement c'était vrai. Forcément, la vérité me rattrape à la même vitesse que mes désirs créent mes rêves.

À un moment, il faut bouger, même à contrecœur. Ne sachant ni le jour, ni l'heure, je me dirige instinctivement vers la table du salon qui paraît être dans une autre dimension tellement elle semble loin. En passant, j'admire les œuvres d'art qui balisent ma traversée. Des sculptures modernes, des tableaux de grands maîtres classiques posés à même le chevalet ponctuent l'incroyable espace de notes élégantes et raffinées. La marche initiatrice culmine lorsque je frôle le tapis central. À son simple contact, mes pieds nus transfèrent une énergie transcendante alimentant directement mon circuit de récompense me procurant un plaisir intense imprévu.

À l'évidence, cet endroit précis est le centre parfait du loft. En tournant sur moi-même, je réalise l'harmonie impressionnante de l'ensemble.

Les secondes durent un temps infini. Mon esprit s'enfuit dans un nuage de satisfaction. C'est à cet endroit que tout peut s'arrêter. C'est là, que je veux abandonner. C'est ici que je veux terminer.

Mais il faut avancer. Ce n'est toujours pas l'heure. Et il faut avancer. Mes pieds se disputent la primauté du geste mais au bout d'un temps, l'un bouge et l'autre suit. Ainsi, mes pas me mènent vers la table visée.

La surprise, s'il en fallait une de plus, vient de ce que je trouve dessus. Pas moins d'une demi-douzaine de journaux alignés symétriquement par ordre d'importance. Le *Daily News* attire mon regard en premier, l'image de Rosa Parks sur la couverture suscite ma curiosité. Le journal est daté du 25 octobre 2005, et apparemment, cette figure historique vient de nous quitter. Je vérifie chaque journal, tous parlent de son décès et tous ont la même date. Mais est-ce aujourd'hui ? Il n'y a pas de télé pour vérifier l'info, et aucun appareil électrique qui afficherait la date et l'heure. Je dois me fier à ces journaux tout en me posant la question de savoir comment ils sont arrivés sur cette table. Et surtout, comment peut-on être mardi alors que je suis sorti samedi ?

Je parcours le loft dans tous les sens, m'imprégnant du parfum onirique des fleurs fraîches réparties çà et là, m'enivrant du sublime mariage des couleurs, je plane. Entre le dedans paisible et chaleureux et le dehors puissant et magnétique, la vue panoramique de New York, telle une horloge, marque l'écoulement du temps. Selon l'heure, l'atmosphère globale change en fonction de la luminosité. Le temps et l'espace, l'intérieur et l'extérieur, sont ici singuliers et exceptionnellement synchrones.

Un court instant, oubliant que je suis perdu et sans me poser de questions insolubles, je prends naturellement mes aises. Après un délicieux café, je prends une longue douche, relaxante à souhait. Mes vêtements, avec lesquels, dans mes souvenirs, je suis sorti samedi, se trouvent impeccablement rangés dans le dressing, propres, repassés et parfumés.

Quelquefois me dis-je, il n'y a pas de réponses. Nul besoin d'insister.

J'attends de longues heures sur place quelqu'un qui, selon moi, doit arriver. Celui à qui tout cela appartient. Personne jamais ne vient.

Dès lors, que faire ? Sortir ? Descendre cet immeuble sans aucun retour possible ? Dans les gratte-ciels new-yorkais, il est possible de sortir, mais impossible de revenir. Trop d'obstacles se dressent : le portier, le concierge, l'ascenseur privé, l'étage verrouillé, son entrée ultra sécurisée, et j'en passe. Il est inconcevable d'y être sans raison. Encore moins dans les étages supérieurs, comme celui-ci.

Mais il faut partir, je ne suis pas chez moi. Et à un moment, il faut rentrer.

Finalement, je décide de descendre. En quittant l'immense loft, je jette un dernier coup d'œil à cet espace surréaliste au cœur d'une des villes les plus chères au monde. Combien vaut-il ? Une fortune, assurément.

Dernier geste, en ouvrant l'énorme porte blindée, terriblement sophistiquée, je réalise que je pars pour de bon. Une fois fermée, il sera impossible de l'ouvrir à nouveau.

Encore trois secondes de réflexion. Une, deux, trois. Et puis je claque la porte définitivement.

Un ascenseur privé est là, juste devant le sas de l'entrée. Il s'ouvre automatiquement. J'entre et un écran indique la destination. Lobby. Une lumière bleue s'allume, les portes se referment et je descends les étages à toute vitesse. Je n'ai même pas le temps de comprendre à quel étage je suis, tellement la descente est rapide. J'estime que le loft se situe entre le 50e et le 60e étage.

La lumière bleutée s'allume de nouveau tandis que les portes s'ouvrent sur une débauche de luxe. L'effet est saisissant. Je pensais avoir vu le meilleur au sommet, mais le lobby est simplement phénoménal tant il est grandiose.

Des sourires appuyés m'accueillent dès l'ouverture de l'ascenseur. Des *Good evening, Mister Hakel,* des *Welcome Back, Mister Hakel,* me glacent le sang.

Pour répondre, encore faut-il que je comprenne où je suis, que je sorte de ma léthargie.

Qui sont ces gens? Qui suis-je? À cet instant, je comprends que je peux retourner dans le loft sans problème. Personne ne s'y opposerait, ils m'y conduiraient même.

Comment est-ce possible? Ne parlant à personne, je quitte les lieux comme si j'avais fait ça des milliers de fois, sous les regards aimables et souriants du personnel, visiblement habitué à me voir.

Dès l'instant où il franchit le seuil de l'immeuble pour en sortir, Allan le reconnaît immédiatement. C'est le 432 Park Avenue.

Confus, il pressent que l'endroit lui est familier, mais décide fatalement de retourner vers son lieu habituel à l'Upper East Side.

Des années plus tard, le souvenir de cette expérience plongera toujours Allan dans le doute. Au moment voulu, l'Ultima Codex lui dévoilera la vérité. Pour l'heure, il décide de passer à autre chose.

L'*Incognito*, je dois y aller.

8 – BE PERFECT

Perfection has its price. Le slogan m'amuse. On peut le voir partout à New York. Il vante le mérite de la Stella Artois, la fameuse bière belge. C'est amusant parce que parler de perfection pour une bière est tellement exagéré, surtout pour celle-là. Le message, par contre, n'est pas faux : la perfection a son prix. Et quel prix ! À force de vouloir être parfait, on s'use puis on disparaît. Triste réalité.

Je marche dans cette ville tous les jours, probablement pour cette raison. Comme tout le monde ici, on cherche. Qu'est-ce qu'on cherche ? Peu le savent, mais on cherche.

Les avenues promettent tellement aux passants : le luxe, la gloire, l'argent. À chaque pas, à chaque bloc, on voit des célébrités excessivement protégées, des hommes d'affaires affairés et des clochards qui ont cherché sans jamais avoir trouvé.

Et moi... Et moi ? Je m'amuse, je me saoule de la vie des autres, des espoirs, des rêves, des défaites des passants, qu'un simple regard peut dévoiler. Pour l'instant, rien ne m'atteint. Hier était mémorable, demain sera épique.

Quelle heure est-il ? Bientôt deux heures, l'heure de la remise en forme. Je suis sur Madison Avenue, raison de plus pour faire ajuster ma coiffure. Il est temps.

— Hello.
— Hello, sir. How are you?
— Fine, thanks.
— I'd like to have a haircut.
— Of course. Please have a seat.
— Can I offer you something to drink?
— Champagne, please.
— With pleasure.

En retirant ma veste, la charmante jeune fille blonde maniérée du salon me propose de m'installer sur l'un des fauteuils disponibles. Elle retourne, pleine de vie, vers le comptoir d'où elle est sortie.

Heureuse, elle revient cinq minutes plus tard avec une coupe de champagne Taittinger et un accompagnement de chips à la truffe, qui me révulsent immédiatement tant elles sont grasses.

Par excès de zèle ou par pure gentillesse, elle revient quelques secondes plus tard avec des magazines pour me faire patienter.

En l'observant repartir vers son comptoir, j'admire cet être tellement adorable. Du haut de son mètre soixante tout au plus, perchée sur des talons d'au moins quinze centimètres, elle rayonne d'une personnalité si joyeuse. Ses cheveux blonds, parfaitement coupés, encadrent son visage fin et précieux : de la porcelaine humaine. Quelle beauté.

Le champagne pétille dans sa coupe cristalline, la finesse de ses bulles est une belle représentation abstraite de la charmante hôtesse du salon.

Vanity Fair, Vogue, Time Out New York, GQ, W Magazine. Quel choix ! En plus, ces magazines sont tous actuels. Tellement rare de lire les derniers numéros dans un salon de coiffure. Mais bon, je suis à Madison.

Champagne *Vanity*, champagne *GQ*, champagne *Vogue*...

Quoi ? Rubrique vie nocturne du *Vogue*, le samedi 22 octobre 2005 au *Rooftop* Bar sur la 5e Avenue, je suis là, en photo avec mon mignon sans nom.

Incroyable, cette ville est vraiment magique. Comment ai-je pu me retrouver dans *Vogue* ? Je me souviens du photographe qui insistait pour que je regarde l'objectif. Si seulement j'avais compris que c'était pour ce magazine. Mais ça va, je suis encore bien. Et le danseur, je peux enfin vraiment le voir ; je n'y avais pas pensé quand je l'ai rencontré au *Oscar Wilde*, ni après. D'ailleurs, je ne savais même pas que j'étais au *Rooftop*. Maintenant, l'histoire de cette nuit devient moins floue.

Il a l'air d'avoir tout juste vingt ans, au moins vingt et un puisqu'il danse dans un bar. Il est beau, légèrement typé latino, et semble avoir un corps parfait. Au moins, j'ai du goût.

Moi, au contraire, je me trouve quelconque. Si j'avais su, j'aurais au moins posé. Lui, apparemment, savait ; moi non.

La légende de la soirée indique que c'était un événement privé. J'étais invité ? Je n'en ai aucun souvenir. Pourtant, je suis là, et bien là. Pas moins de dix photos, dans toutes les situations possibles lors d'une soirée de ce genre. Sur l'une, je discute avec des personnalités connues ; sur une autre, je bois avec mon danseur ou je m'amuse avec les barmans. Qui suis-je ?

Le plus fascinant est que je lis mon nom sous les photos : Allan Hakel. Le danseur n'est même pas nommé. Je ne comprends plus rien.

Est-ce pour ça que la fille en porcelaine me sourit ? Elle semble savoir qui je suis. Mais qui suis-je ?

9 – L'ÉTOILE

American Airlines, Flight : **AA44**, Date : **December 15, 2005**. Departure : Airport : **New York John F. Kennedy International (JFK)**, Terminal : **8**, Gate : **12**, Boarding Time **5:30 PM**, Departure Time : **6:15 PM**. Arrival Airport : **Paris Charles de Gaulle (CDG)**, Arrival Time : **7:55 AM (December 16, 2005)**. Passenger : Name : **Allan Hakel**, Ticket Number : **001-4123659874**, PNR **X9Y7Z6**, Class : **First**, Seat : **1A**.

New York à Noël me rend malade. Les sapins, les gros Pères Noël grossièrement habillés de costumes hideux. Leurs fausses barbes, infestées de bactéries, posées chaque année, à la même période, sur des visages fatigués. Et ces passants, cette foule aliénée qui, pour l'occasion, se fait une joie de sortir en groupe, buvant leur vin chaud écœurant tout en partageant leur soudaine bonté humaine. Cette même bonté qui, une fois les fêtes passées, laissera place, comme par magie, à la brute réalité. En janvier, tout est déjà oublié : business is business, et tout recommence de plus belle. On écrase, on brutalise, on humilie, on oblige, on force, on insiste, et tant pis pour les plus faibles. C'est la vie.

Chaque année, j'assiste à ce spectacle pathétique. Certains y croient, à la bonté souveraine. Certains. Les mêmes qui croient encore au Père Noël. Il y en a.

Paris, voilà ce qu'il me faut. En cette période, le mieux à faire est de partir là où je ne risque pas de voir des visages niais et pleins d'un amour de circonstance. À Paris, il y a peu de chance que cela arrive, c'est sûr.

Ladies and Gentlemen, welcome to Paris Charles de Gaulle Airport. The local time is 7:55 AM on December 16th, 2005. The temperature outside is a chilly 5 degrees Celsius, or 41 degrees Fahrenheit. Please remain seated with your seatbelt fastened until the captain has turned off the seatbelt sign. On behalf of American Airlines and the entire crew, we'd like to thank you for flying with us today and we hope you enjoy your stay in Paris, or wherever your final destination may be. Merci et bon voyage.

L'annonce de l'hôtesse me sort d'une réflexion profonde sur la relativité. Depuis mon hublot, je me rends compte à quel point l'Europe est minuscule comparée à l'Amérique. En fonction de notre propre position, ce que l'on observe se dote de qualités totalement subjectives. Vérité évidente, mais souvent oubliée. Au fond, rien n'est définitivement vrai. Il suffit de changer de point de vue et tout est redistribué. La douce voix de Stephany m'a heureusement sorti de ces pensées naïves.

En s'approchant de moi, elle me sourit chaleureusement. En admiration pour cette créature sublime, je lui rends son sourire. Magnifiquement habillée en haute couture, elle est parfaite. Le bleu de son tailleur, assorti à ses escarpins, se mari avec élégance à son foulard et aux boutons raffinés de son chemisier. Sa beauté est époustouflante. Être ramené sur terre par Stephany est un plaisir. Avec son irrésistible accent américain, elle met fin à mon voyage imaginaire :

— Monsieur, pourriez-vous, s'il vous plaît, relever votre fauteuil ? Nous allons atterrir.

— Bien sûr.

Paris, 16 décembre 2005

— Bonjour, votre passeport.
— Voici.
— Merci, allez-y.

Quel accueil ! Plus froid que les cinq degrés extérieurs. Heureusement, une voiture m'attend. Je ne vais pas traîner dans cet aéroport si peu accueillant.

À mon arrivée ce matin de décembre, je suis plein d'énergie. C'est tellement agréable de revenir en France. Les États-Unis, à bien des égards, sont toujours à l'âge de pierre. Quelques centaines d'années ne suffisent pas pour se dire civilisés. Ils ont encore du chemin à parcourir. Ce ne sont pas les gratte-ciels ou leur supposée puissance qui feront d'eux des citoyens aussi ingrats, suffisants et insatisfaits que mes chers Français. Il y a de la marge.

HAKEL, c'est moi. Mon nom sur la pancarte n'avait pas besoin d'être imprimé en lettres capitales, mais soit, suivons-le. Le chauffeur en costume noir prend ma valise et marche d'un pas assuré vers la voiture. Une Mercedes limousine, noire elle aussi, doit m'emmener à mon appartement avenue Kléber. La transition est trop rapide, j'ai encore les mesures américaines comme références. La voiture paraît petite, les avenues étroites, les immeubles minuscules et les gens gravement sous-alimentés.

La perception du monde est tellement biaisée. Pour avoir fait le voyage plusieurs fois, je sais qu'après une ou deux nuits de sommeil, tout redevient normal.

— Ça va, Monsieur ? Tu viens de New York ?

Totalement surpris par l'intervention du chauffeur, j'éclate de rire. Étonné par ma réaction, il rit en me regardant dans le miroir du pare-brise. Je remarque qu'il est jeune et avenant ; sa barbe bien taillée et ses dents blanches éclatantes lui donnent un air plaisant qui justifie son ton effronté et familier. Mais tout de même, comment peut-il parler ainsi ? « Ça va, Monsieur, tu viens de New York ? » Rien ne va et pourtant je ris. D'abord parce que son intention est bonne, et surtout parce que j'apprécie ce genre de scène ; cela ajoute une touche de couleur à la pièce de théâtre qu'est ma vie.

— C'est beau New York, vous travaillez là-bas ?

En regardant à nouveau dans le miroir, il continue son monologue. Subtilités remarquées, il a compris qu'il valait mieux me vouvoyer. C'est justement l'audace du tutoiement qui m'a fait rire. Je décide de lui répondre.

— Oui, je travaille là-bas mais je suis belge.
— Je connais bien la Belgique ; la bière, les frites, les filles...
— Oui, il n'y a pas que ça, mais il y a ça aussi.
— Franchement, vous êtes frais. Tu t'appelles comment ?

À trop donner, on est vite dépassé. Voilà qu'il me tutoie et me demande mon nom maintenant. Question stupide, d'autant plus qu'il le connaît. Il a mon plan de vol devant ses yeux sur son écran.

D'où je suis, je peux lire en grand Allan Hakel et toutes les autres informations qui ne demandent qu'à être lues. Mais lui préfère me tutoyer sans aucune gêne et presque me demander qu'on devienne amis. C'est plus que je peux supporter.

— Pourriez-vous passer par Rivoli ? Je dois m'arrêter Cour Napoléon quelques instants.
— Euh, oui Monsieur, vous voulez aller au Louvre ? C'est fermé maintenant.
— Non, Cour Napoléon, je dois juste m'arrêter quelques minutes près des pyramides.
— D'accord, Monsieur.

À sa réponse sérieuse et professionnelle, je me rends compte qu'il a compris le message. À contrecœur, j'ai remis les pendules à l'heure en le recadrant pour lui rappeler son rôle et sa place dans cette scène. À contrecœur, car son sourire est attendrissant et sa spontanéité tellement touchante.

Le drame de ma vie est que je dois sans cesse mettre un frein aux élans amicaux de ceux que je croise. La cause est profonde, mais il vaut mieux ne pas y penser maintenant.

Pris d'un sentiment de culpabilité, je lui dis en douceur :

— Je m'appelle Allan, et vous ?

Visiblement content de ma question, il me répond :

— Karim.
— Karim, quel beau prénom. Vous savez qu'en arabe, cela signifie bon ou généreux, dans le sens de noble du cœur ?

Envahi par la beauté de la signification de son prénom, j'insiste naturellement et lui dis :

— C'est très beau, Karim.

En prononçant son prénom comme il se doit en arabe, il rougit d'étonnement et me demande :

— Vous parlez arabe ?
— Oui, oui, je parle arabe.

Sur cette réponse inattendue, il se tait jusqu'à Rivoli.

Napoléon a marqué son époque. Le centre de Paris est d'une harmonie prodigieuse. Ce n'est pas l'Amérique ; les rues et les avenues ne sont ni droites ni parfaitement symétriques, mais quelle élégance. J'admire la régularité d'un style haussmannien avant l'heure : les arcades de la rue de Rivoli, ses façades, ses fenêtres, ses portes cochères. Qui a inspiré cet ordre esthétique ? Les Louis, les Napoléon ou les Haussmann ? Qui sait ? Tous en même temps peut-être, à quelques siècles d'intervalle.

— Excusez-moi, Monsieur, vous voulez que j'entre dans la cour ou que je vous attende à l'extérieur ?
— Entrez et garez-vous près des Tuileries. Je n'en ai pas pour longtemps, un quart d'heure maximum.
— Bien, Monsieur.

Karim a compris. Il sait maintenant comment il faut me parler.
— À tout à l'heure, Monsieur.
— À tout à l'heure.

Cour Napoléon, les Pyramides, le Palais Royal. Quel ensemble, quelle richesse ! L'ordre et la mesure. Depuis toujours, la question de la référence s'est posée : sur quoi allons-nous nous baser pour mesurer ou quantifier ce que nous expérimentons ? Ici, j'ai la réponse. Où que j'aille dans le monde, mes perceptions s'adaptent à mon environnement. Il n'y a pas de vérité universelle ; le lieu détermine ce que vous vivez. Mais ici, quelque chose d'universel se manifeste : un système de référence objectif et inaltérable. Les distances entre les pyramides, leurs tailles, les relations complexes entre mathématiques, géométrie et physique, et l'inviolabilité de ces lois immuables font de cet ensemble une représentation incontestable des axiomes fondamentaux. C'est la base indispensable à une construction rationnelle d'un monde qui peut tenir malgré l'inconsistance de la réalité.

Ici, mentalement, je mesure et compare. J'évalue les distances réelles entre les éléments et ajuste ma perception pour qu'elle corresponde mieux à ce que j'attends de voir. Après cela, indépendamment de toute comparaison, Paris retrouve sa véritable échelle. Peu d'endroits sur terre permettent un ajustement aussi précis. Le cerveau est une machine puissante : quinze minutes d'observation passive suffisent pour qu'il fasse le reste.

À cette heure, la place est encore vide. La brume du matin infuse à cette cour une âme. Un voile mystique se propage à travers les lanternes. La sensation d'être ailleurs est accentuée par le ballet du vent et les faisceaux de lumière dorée qui animent ce cadre hors du temps.

Bientôt neuf heures trente, le temps tourne au ralenti. J'étais encore dans l'avion à huit heures. Il faut dire que Paris est vide en cette fin d'année. On y circule facilement.

En m'approchant de la voiture, je surprends Karim en train de fumer. À ma vue, il jette sa cigarette et m'ouvre la porte.

— Merci, Karim.
— Avec plaisir.

Rivoli, Concorde, Champs-Élysées, l'Étoile, Kléber.

— Bienvenue à Paris, Monsieur.
— Merci.

10 – Divine Temptation

Depuis toujours, j'attribue une identité aux jours de la semaine. J'ai le sentiment que vendredi est joyeux, samedi est festif et dimanche paresseux. Quant aux autres jours, ils sont respectivement sérieux, maladroit, conciliant et prometteur. Cet anthropomorphisme enfantin dicte encore souvent mon humeur.

Aujourd'hui, 16 décembre 2005, c'est joyeux vendredi. Hors de question de dormir un si beau jour. Je suis assez reposé grâce au vol. Le temps est parfait pour se promener dans les beaux jardins parisiens ou pour flâner dans le Marais. L'occasion est trop belle.

J'appelle mon chauffeur.

— Bonjour Karim, je vais sortir cet après-midi vers quatorze heures. Pourriez-vous venir me prendre à mon domicile ?
— Bonjour Monsieur. Oui, bien sûr, avec plaisir.

En raccrochant, j'admets que ce Karim a finalement quelque chose que les autres chauffeurs privés n'ont pas : l'art d'être serviable.

Bien, j'ai deux heures pour me mettre en condition. Généralement, les jours joyeux, je ne rentre pas très tôt.

Cela fait presque un an que je ne suis pas revenu à Paris. C'est étonnamment long. À force de passer d'une ville à l'autre, je n'ai même plus le temps de revenir aux sources. Et que dire de Bruxelles ? Je ne compte même plus les années. À part des visites de quelques jours tous les lustres, je n'y suis jamais pleinement.

En tout cas, je suis toujours aussi subjugué quand je reviens ici. La première émotion que je ressens en retrouvant mon appartement parisien est à chaque fois intense. Aujourd'hui, le tableau d'Ethan Andersen, un artiste venu d'un autre monde, m'a totalement figé pendant près de deux minutes.

Cette toile représente un jeune homme en semi-profil, les yeux baissés et le regard fixé devant lui. Seuls son visage et le haut de son buste, parfaitement ciselés, sont visibles. Ses cheveux courts, impeccablement coiffés, lui donnent une apparence raffinée et soignée. L'énergie qui se dégage de cette toile est stupéfiante, puissamment accentuée par la teinte rouge qui imbibe toute l'œuvre. Ce rouge éclatant contraste fortement avec l'apparence sereine et l'élégance du jeune homme, créant une tension visuelle fascinante. Chaque fois que je pose les yeux sur cette peinture, je suis transporté dans un état de contemplation presque hypnotique, submergé par la juxtaposition saisissante de ces éléments opposés.

Pour mieux m'imprégner de cette sensation extatique, je

m'approche de la toile exposée ostensiblement sur le mur latéral de la pièce principale, en contre-jour. Comme toujours, je relis la légende sur la plaquette à droite : *Divine Temptation by Ethan Andersen ; A harmony between earthly desires and divine allure.* Les mots me parlent : *Une harmonie entre les désirs terrestres et l'attrait divin.* Comment faire plus juste ? Je me le demande.

— Monsieur, votre chauffeur est arrivé.

Je n'avais même pas remarqué que la femme de ménage était là. Elle n'a pas changé depuis la dernière fois. C'est une constante rassurante.

Parfait, je descends.

— Rue du Temple au croisement Rambuteau, s'il vous plaît.
— Bien, Monsieur. Vous allez à Beaubourg ?
— C'est possible, mais pas directement. Je vais d'abord me promener.
— Je vous appellerai tard ce soir. Soyez disponible.
— Oui, bien sûr, Monsieur. Quand vous voulez.

Ma première impression sur le chauffeur a positivement évolué. Il comprend maintenant les limites de la courtoisie. Je peux essayer de détendre nos rapports.

— Dites-moi, Karim, quel endroit me conseilleriez-vous si je veux sortir ce soir dans le Marais ?

Avec un grand sourire ravi, il prend des forces en se redressant de son siège ultra confortable et me répond prudemment.

— Euh, Monsieur, je ne sors pas souvent vers là-bas, mais je sais qu'il y a beaucoup de chouettes endroits. Si vous voulez, je peux me renseigner et vous réserver une table quelque part de sympa.

— Vous feriez ça ?

— Ben oui, pourquoi pas ? Vous avez envie de quel genre de soirée ?

Décidément, ce chauffeur est vraiment spécial. Sa bienveillance et sa simplicité sont touchantes.

— Peu importe. Je veux justement découvrir.

— Ok, je vais vous mettre bien, Monsieur.

Qu'est-ce que ça veut dire « Me mettre bien » ? J'ai une idée du sens mais quelle formule !

— D'accord, Karim, mettez-moi bien.

— Ha ha, vous êtes marrant.

— Sûrement.

— Voilà, Monsieur, je vous dépose à l'emplacement pour taxi. Vous savez, ici, on a des amendes si on s'arrête ailleurs.

— Oui, oui.

— Ah, et je vous appelle tout à l'heure pour vous dire où vous allez ce soir. Si vous voulez, je viens vous chercher en même temps pour vous y conduire, ça sera plus simple.

— Bonne idée, merci Karim.

— Vraiment avec plaisir, Monsieur Allan.

— À ce soir.

— À ce soir.

11 – Paris Orgueil

— Un tableau, Monsieur ? Ce sont des originaux signés.

D'un geste de la main, je refuse l'invitation du marchand de rue. Je jette furtivement un œil sur les œuvres posées sur de pauvres chevalets. Les maîtres qui ont peint ces chefs-d'œuvre seraient, à mon avis, morts de rire ou au contraire furieux de voir ces pâles copies proposées aux passants pour si peu. Mais si les toiles sont signées, alors ça va.

Le Marais est fascinant avec autant de vie, autant de mélange, tellement de tout. Dans ce spectacle vivant, j'avoue avoir un faible pour les vendeuses de charme. Outrageusement maquillées, habillées de cuir ou de latex rouge et noir, elles incarnent tout le spleen de Paris. Leurs personnalités, dignes des plus grandes stars, mêlant magistralement une vulgarité feinte, un aplomb effronté et une assurance déconcertante, contribuent à l'animation éclectique de ce centre névralgique de la ville. Leur présence improbable en plein jour, sur ces trottoirs bondés, force le respect.

Ni la lumière crue, ingrate et indiscrète, ni l'exposition aux regards parfois réprobateurs, souvent accusateurs des passants, n'affectent ces beautés déchues et leur subtile tristesse.

En passant près d'une de ces dames d'au moins soixante ans, mes yeux croisent son regard noyé dans sa mélancolie. Si j'avais le moyen d'alléger son fardeau, je le ferais immédiatement. Mais qui suis-je au fond ? Et que sais-je de sa douleur ? Désire-t-elle qu'on la soulage ? Est-elle si malheureuse ? Le spleen n'est-il pas en moi, plutôt ? Et si tout est inversé ?

L'Entre-Soi, voilà le lieu parfait pour manger. À vingt heures, il est plus que temps, d'autant plus que ce restaurant est fait pour me plaire. La façade noire, minimaliste, avec pour seule distraction visuelle, en haut à gauche, le nom, discrètement imprimé en lettres blanches, contraste efficacement avec l'ensemble sombre.

Rien d'autre. Pourtant, la loi oblige les restaurateurs à afficher leur carte à l'extérieur, mais ici, elle n'y est pas. Raison de plus pour entrer.

En poussant la porte, je me rends compte qu'elle est vitrée. Le film parfaitement opaque donne l'impression qu'elle est métallique, mais en réalité, de l'intérieur, on peut clairement voir l'extérieur. Un luxueux rideau en velours noir profond sépare l'entrée de la salle d'une élégance rare.

En franchissant le seuil du restaurant, je suis accueilli par ce qui semble être le maître d'hôtel. Mon attention est tout de suite portée sur son apparence. Cet homme paraît sortir d'un vieux roman de Balzac. À cet instant, mon seul souhait est de décrire précisément ce que je vois. À la manière de ce cher Honoré, conscient que je n'ai pas son talent, je me prête quand même à l'exercice.

On aurait une description de ce genre : « Le maître d'hôtel, invité dans son costume, trop bien ajusté, d'un noir jais, avance vers moi avec un sourire tout aussi emprunté. Ses mains, ses jambes, son buste, son cou, se débattent pour harmoniser ce corps brusquement mué. Dans sa volonté de parfaire sa scène, il perd sa faculté de se mouvoir et de parler normalement. Ses lèvres oublient de bouger, sa bouche de se refermer, ses bras de se baisser. Une marionnette a plus de concordance dans ses mouvements que ce bien aimable maître d'hôtel. Ses cheveux défraîchis et sa petite moustache d'un autre siècle confirment l'anachronisme de cet animal pensant. »

Au moins, il m'inspire, quel luxe !

— Bonjour, Monsieur Hakel. Puis-je vous débarrasser ?

Comment connaît-il mon nom ? Étonné, je réponds machinalement.

— Oui, bien sûr.
— Vous êtes accompagné ce soir ?
— Pas ce soir, non.
— Puis-je vous demander de me suivre ? Je vous ai gardé une table.

Une table ? Pour moi ? Suis-je dans un rêve ? Comment est-ce possible ? À un moment, je vais devoir demander ouvertement. Mais c'est le meilleur moyen de passer pour un fou. Si je ne sais même pas qui je suis, qui le sait ?

— Nous avons pensé que vous aimeriez une coupe de champagne pour commencer. Je vous suggère un Dom Pérignon sélectionné par notre sommelier.

— Avec plaisir.

— Entre-temps, permettez-moi de vous proposer la carte. Je suis à votre service, à votre convenance, Monsieur.

— Bien, merci, Monsieur.

— Mon nom est Gérard. Je vous en prie, Monsieur Hakel.

Que faire ? Comment sortir de cette incompréhension qui me poursuit où que j'aille ? Pourquoi tant d'attention ? Pourquoi tant d'égards ? Peut-être que tout le monde reçoit le même traitement. Mais comment cet homme connaît-il mon nom ? À qui parler ? À qui demander ? Ma solitude me condamne à l'ignorance de ma propre condition. Terrible prix de ma liberté.

Le sommelier, réplique inversée mais parfaite du maître d'hôtel, arrive pour me servir. Je ne savais pas que la serviette blanche posée sur le bras était toujours de rigueur ; cela paraît tellement guindé. En repartant, je le vois se concentrer pour maintenir son attitude distinguée, comme si cela avait de l'importance.

Les bulles chantent de nouveau dans la flûte en cristal. Cette image, je l'ai vue mille fois. Et mille fois, je suis seul. À ma santé, vu que tout tourne autour de moi.

Discrètement, le sommelier revient et, d'un geste digne d'un magicien de foire, retire la chaise devant moi et place un pied à champagne. Je vois maintenant que la bouteille est dans un seau sur la table de service. Tel un danseur cette fois, il se retourne, attrape le seau et le pose sur le pied. Il ne manque à cette chorégraphie que les applaudissements tellement elle me semble surjouée.

C'est en reprenant mon verre à la bouche que je me rends compte de son intention. Car, en lieu et place de la chaise vide, j'ai devant moi une bouteille millésimée Dom Pérignon '88. L'art et la manière de remplir le vide avec élégance, voilà la raison de son acte.

Quand on est seul à table, nos yeux et nos pensées nous tiennent compagnie. Mes yeux ont déjà vu trop de choses. Ce n'est pas la décoration raffinée du restaurant ou la sophistication du personnel qui va occuper ma soirée. Mes pensées, au contraire, sont prolifiques. Elles ne cessent jamais de tisser des liens, de construire des images, de supposer des concepts. Je me balade dans ce flux ininterrompu de réflexions comme dans un labyrinthe sans issue. Comment y suis-je entré ? Et quand ?

Durant mon immersion dans le dédale de mes interrogations, je suis absorbé, comme absent. Pour celui qui m'observe, je ne suis, à ces moments-là, qu'un corps sans vie. Immobile et inanimé, je donne l'impression d'être ailleurs. Aussi bien par l'esprit que physiquement. Interrompre cet état de transe est risqué. Le serveur, avec ce qu'il faut d'audace pour m'approcher, ose fendre le silence érigé autour de moi.

— Monsieur, puis-je vous demander si vous avez choisi ?

Sa question me sort de mon état d'introspection sur-le-champ.

— Non, pas encore. Que proposez-vous ?
— Monsieur, nous avons d'excellentes viandes. Toutefois, si je vous propose un menu, je pense à un turbot rôti sauce choron en plat principal. En entrée, des Saint-Jacques à la vapeur avec une crème de cresson. Pour conclure, une sélection de fromages

affinés. Bien sûr, ce ne sont que des suggestions ; je peux vous laisser consulter la carte à votre aise.

— Non, c'est très bien, je vais prendre ça.

— Bien, Monsieur, pour la sélection du vin, mon collègue viendra vous voir.

— Merci.

En poussant la porte, je n'imaginais pas que le repas allait être si compliqué. Décidément, tout prend de l'importance ici, même le choix du vin. Mais soit, envoûté par l'ambiance et le parfum délicat du lieu, je me laisse faire.

En fait, à ma grande surprise, ce n'est pas que la porte qui est vitrée. Toute la largeur de la façade du restaurant est en verre. Ici aussi, le film opaque fait illusion. De l'extérieur, impossible de savoir que de l'intérieur, la vitre est totalement translucide. *L'Entre-Soi* est sacrément à propos. Ensemble, attablés confortablement, on peut voir sans être vus. Voici une belle image de l'entre-soi.

D'ailleurs, je me demande d'où vient ce nom. On est entre qui ici ? Les clients autour de moi ont tous l'air précieux. Est-ce que j'ai l'air de ça moi ? J'espère que non.

Je remarque quelques visages connus. Bof, c'est Paris et le Marais, donc c'est normal.

Le sommelier revient, me sert à nouveau et me propose un vin.

— Monsieur, pour le vin, nous avons pensé que...

Je l'interromps et il s'arrête aussitôt.

— Oui, pardon, mais je vais continuer avec le champagne. Je préfère ne pas prendre de vin ce soir.

— Bien sûr, Monsieur, je comprends. Si je peux me permettre, ce champagne accompagne très bien vos plats, c'est absolument bien pensé.

Ne sachant pas quoi répondre à cet état de fait, je ne dis rien.

Restant sur sa faim, il exécute une nouvelle pirouette pour repartir et disparaître près de ses bouteilles.

Les plats arrivent dans l'ordre. La musique est parfaitement orchestrée. Saint-Jacques, Turbot, Fromages. Cela suffit, ma volonté était de manger, pas de me gaver.

Parfaitement synchronisé avec mon désir de partir, le chauffeur m'appelle. Pour plus de discrétion, je quitte la table et le salon pour me déplacer vers l'arrière-salle où trois fauteuils Chesterfield m'attendent.

— Bonsoir Karim, dites-moi.
— Oui, bonsoir Monsieur, il est bientôt dix heures. J'ai pensé que vous alliez m'appeler mais comme je n'ai pas eu de nouvelles, je vous appelle. Est-ce que tout va bien ?
— Très bien. Je suis à *L'Entre-Soi*, rue Vieille-du-Temple, vous pouvez venir ?
— J'arrive, j'y suis dans sept minutes.
— C'est précis ça, merci Karim.

Avant même d'avoir fini ma conversation, le sommelier m'apporte un digestif sur un plateau.

— Monsieur, puis-je vous offrir un Remy Martin XO ?
— Pourquoi pas.
— Voici, Monsieur. Bonne dégustation.

Ce Cognac est excellent, comme tout le reste d'ailleurs. Le service est d'une finesse inattendue, le choix est judicieux et l'harmonie remarquable. Cela clôt à merveille cette longue pause gastronomique.

D'où je suis, je peux voir non seulement toute la salle mais aussi l'animation de la rue. C'est la place idéale pour attendre tranquillement un taxi. C'est bien pensé.

Justement, Karim est en vue. En le voyant marcher d'un air fier et assuré, je ris intérieurement. Quel beau spectacle. On dirait un cheval au trot. Et quelle allure. Faut dire qu'il est pas mal. Sous la lumière nocturne de la rue, dans un costume sombre impeccable, il est beau. Le verre de Cognac posé sur la table me rappelle que j'ai déjà beaucoup bu. Un des effets connus de l'alcool est d'enjoliver la réalité. Dans ce cas, il vaut mieux attendre avant d'affirmer quoi que ce soit. Je verrai demain.

Après une brève discussion avec Gérard, fameux maître d'hôtel, tout sourire, il me rejoint.

— Monsieur Allan, comment ça va ? Vous avez l'air en forme.

Esquissant à mon tour un sourire, je lui réponds.

— Je vais bien. Vous voulez boire quelque chose avant de partir ?
— Ah, d'accord, pourquoi pas ? J'arrive.

Sans aucune retenue, il se lève, fonce vers le serveur et commande deux verres. Est-ce qu'ils se connaissent ? Ils ont l'air si familiers.

— Voilà, j'ai commandé. Vous allez voir, je vais vous mettre bien, je vous l'ai dit.
— Ah oui, me mettre bien.
— Ha ha, je vous aime bien, vous n'êtes pas comme tous les autres, vous êtes spécial.

Sa remarque spontanée et sincère a failli me faire couler une larme. Je la retiens difficilement. Curieusement, au lieu de pleurer, je lui souris.

— Vous êtes allé où ? C'est beau Paris, hein ?
— Oui, j'ai marché dans le quartier, visité des galeries, des librairies et c'est tout. Ça fait deux heures que je suis ici.
— Ah ouais, vous avez bu un peu. C'est pour ça que vous parlez normalement maintenant, ha ha.
— Normalement ? Je parlais comment avant ?
— Ben je sais pas, péteux quoi, un peu trop sérieux.

Impossible de me retenir de rire.

— Karim, vous allez trop loin là. J'ai un peu bu mais ça ne veut pas dire que j'ai changé, c'est juste votre impression.
— Mais Monsieur, pourquoi vous me vouvoyez ? Les autres me tutoient toujours.
— Je ne suis pas les autres.
— Oui, je comprends, c'est vrai que vous êtes différent. Déjà vous êtes jeune et beau. C'est rare. Les autres sont tous vieux et moches.
— C'est déjà ça, hein ?

— Ben oui, c'est sûr, moi je préfère vous.

Ses tournures de phrase me fascinent, j'aime l'écouter. Je le laisse parler pour avoir d'autres variantes de ses drôles de répliques. Il continue.

— Tu vois, moi à votre place, je serais entouré de plein de gens, je m'amuserais, je voyagerais tout le temps, je ferais des trucs de fou. À quoi ça sert les galeries et les librairies si vous êtes triste ? Déjà vous me vouvoyez alors que vous êtes plus jeune que moi. C'est bizarre. Franchement, j'ai envie de vous voir rire. Vous avez l'air triste. Par exemple, vous avez quel âge ?

Par exemple, vous avez quel âge ? Ça ne veut rien dire. Ou alors c'est moi qui divague ?

— J'ai vingt-quatre ans.
— Vingt-quatre ans. Deux ans de moins que moi. Mais c'est grave. On dirait un vieux dans un corps de jeune. En plus, vous pouvez tout faire, je ne comprends pas.

Je souris. Ce n'est pas la première fois que j'entends ça. Mais dit comme ça, c'est inédit.

— Tu sais, Karim, on n'est pas toujours comme on veut être. J'essaye d'être un autre, mais je suis celui que je suis. Bien malgré moi parfois.
— Waouh, j'ai rien compris, mais je suis d'accord. Ça se voit que vous êtes quelqu'un de bien. Vous méritez d'être heureux.

Nos verres arrivent.

— Voilà, Monsieur Allan, un Mandarine Napoléon parce que ça vous va bien.

— Et pour vous ?

— Une Grey Goose. Il n'y a pas que les Russes qui font de la bonne vodka. Santé, Allan. À votre venue à Paris.

— Santé, Karim.

12 – Trio Ego Trip

La soirée prend une tournure inattendue. Affalé, Allan se demande s'il a la force de continuer. Les derniers verres l'ont détendu au point où il commence à réaliser qu'il est arrivé de New York ce matin et que, depuis, il n'a pas cessé de bouger. Pourquoi cette urgence ? se demande-t-il dans un éclair de lucidité. Le parfum orangé de la liqueur, mêlé à la chaleur du Cognac qu'il a bu juste avant, lui procure un sentiment de relaxation soudain. La présence de Karim en face de lui le rassure. Visiblement disposé à lui tenir compagnie, l'envie de poursuivre la nuit à l'extérieur devient moins pressante. Allan, d'un ton chaleureux, amorce la discussion qui va orienter la suite.

— Karim, est-ce que vous êtes libre ce soir ?

— Euh, ça veut dire quoi ? Libre comment ? Là, je suis avec vous, je n'ai rien prévu d'autre.

— Vous êtes tellement touchant. Je vous demande si vous avez quelque chose à faire ce soir. En dehors de me conduire ou de me ramener chez moi.

— Ah, oui, j'avais compris autre chose. Ben moi, quand je travaille, je ne prévois rien. Tu sais, les clients peuvent appeler n'importe quand. C'est trop compliqué à gérer. Je préfère rester disponible.

— D'accord. Parce que je veux rentrer chez moi pour me changer.

— Oui, si vous voulez, mais vous sortez après, parce que j'ai réservé une table pour vous.

— Où ça ?

— Vous allez voir, je suis sûr que vous allez aimer. Je ne vous connais pas depuis longtemps, mais j'ai l'habitude. Je comprends vite les clients.

— Ne dites pas client, ce n'est pas un beau mot.

— Eh, mais vous avez raison, j'aime pas dire ça en plus. Alors, je vais vous appeler Allan.

— N'en faites pas trop quand même.

— Ha ha, j'essaie. Déjà, ça serait plus simple si je pouvais vous tutoyer.

— Mais pourquoi cette obsession ? Je ne tutoie personne, ou que très rarement.

— Oui, je sais, je comprends.

La déception de Karim est palpable. En quoi est-ce important ? Qu'est-ce que ça change ? Mon aversion pour le tutoiement n'est pas feinte. La proximité qu'impose le « tu » me heurte au plus haut point. Mais pour lui, qu'est-ce que ça change ?

Pour atténuer son mécontentement, je lui propose de venir chez moi. Je ne supporte pas la proximité linguistique, mais pour le reste, je suis ouvert.

— Vous savez quoi. Si vous êtes d'accord, bien sûr, vous pouvez venir chez moi le temps que je me prépare. Vous n'aurez pas à attendre dans la rue. Ça vous va ?

— C'est super sympa, oui, je veux bien.

— Alors, allons-y, il est déjà tard.

— Quand vous voulez.

Alors que j'observe mon environnement d'un nouvel œil, Karim discute de nouveau avec le personnel. Pour ne pas me faire attendre, il s'interrompt et salue Gérard, le maître d'hôtel, le serveur et le sommelier, comme s'il les remerciait de m'avoir servi.

En revenant, avec un large sourire, il me dit :

— Alors, Monsieur Allan, je vous ai mis bien ou pas ?

Étonné par sa question, j'ose demander :

— Vous les connaissez ? Vous avez réservé une table pour moi ?

— Évidemment, vous croyez qu'on mange comme ça ici ? En poussant la porte au hasard ? Je vous ai dit, vous êtes marrant.

— Je comprends mieux, mais comment saviez-vous que j'allais manger là ?

— Ah ça, Allan, c'est un secret.

— Ah bon.

Qu'est-ce que je ne saisis pas ? Peut-être qu'il connaît tous les restaurants et qu'il a réservé une table au cas où ? Tous les restaurants du Marais ? C'est peu probable quand même. Mon ignorance me laisse perplexe. Soit, c'est son affaire, pas la mienne.

— Merci, Karim, c'était très bien. Si je ne vous avais pas demandé, vous me l'auriez dit ?

— Dit quoi ? Ben non, je ne suis pas comme ça.

— Vous êtes comment alors ?

— Euh, maintenant c'est moi qui ne comprends plus. Vous pouvez pas parler normalement ?

— C'est quoi normalement ? Pour moi, c'est normal.

— Quand vous parlez, on ne sait jamais quoi répondre tellement vous êtes vague. Je préfère les questions claires.

— D'accord, alors voici une question claire. Vous habitez où ?

— Voilà, ça c'est bien. J'habite près de République. Rue de Turbigo, si vous connaissez.

— Turbigo, vraiment ? C'est pas très loin.

— Non, c'est pas loin d'ici. Sept minutes en voiture si vous voulez savoir.

— Je vois maintenant, sept minutes.

— Ben oui.

La Mercedes est stationnée sur l'emplacement de livraison, non loin du restaurant. N'oubliant pas le protocole, Karim s'excuse en passant devant moi pour m'empêcher de toucher la portière. Il attrape la poignée de la porte arrière pour me permettre de m'installer à mon rythme.

— Merci, Karim, ce n'était pas nécessaire.

— C'est mon travail, Monsieur.

La lumière bleue de l'habitacle me projette immédiatement à New York. Cette couleur froide, à la fois technologique et futuriste, me remémore le loft et l'ascenseur de la résidence sur Park Avenue. La même ambiance, la même sensation. Ce bleu agit sur moi comme un puissant catalyseur d'émotions. Il m'inspire le futur idéalisé vers lequel je ne cesse de tendre sans jamais l'atteindre pleinement. La couleur de l'inaccessible étoile.

Absorbé par la route, Karim semble statique. Sa silhouette, illuminée par le tableau de bord, se pare de grâce. Je ne peux m'empêcher de fixer cette image dans mon esprit, tant elle paraît irréelle. Un tableau vivant.

Comme s'il avait senti le poids de ma contemplation silencieuse, il rompt cet interlude pour me faire remarquer à quel point Paris brille la nuit.

— Vous avez vu comme c'est beau, Allan ? Paris est la plus belle ville du monde.
— Paris est somptueuse la nuit. Surtout de ce côté.
— Oui, ici c'est splendide.

Par l'île Saint-Louis et le Quartier Latin, Karim remonte les quais de la Seine pour rejoindre l'Arc de Triomphe par les Champs-Élysées. La balade est une poésie en soi. L'apparition de la place de l'Étoile cette nuit en est le climax.

Comme pour terminer ce parcours en beauté, Karim tourne autour de l'Arc éclairé pour rejoindre l'avenue Kléber. Un virtuose.

— Je vais me garer au Costes. Je vous dépose avant.
— Non, je viens avec vous.
— À l'hôtel ? Pardon mais non, je vous dépose.
— Je viens avec.
— D'accord, mais je vous laisse à la réception alors, vous ne descendez pas avec moi au parking.
— Si vous voulez.

Une fois la voiture arrêtée, il descend pour m'ouvrir la porte.

— Merci, je vous attends à l'intérieur.
— Bien, Monsieur.

Rapidement, Karim apparaît à la réception. Du Costes à chez moi, il n'y a qu'un pas. À peine sortis de l'hôtel, on est déjà dans la cour de mon immeuble. En tenant la porte d'entrée principale, je l'invite à monter par les escaliers.

— Allez-y, c'est au premier.

Allan entre chez lui et avance de trois pas.

— Entrez, je vous en prie.

La porte se referme automatiquement derrière le chauffeur après son passage.

— C'est par ici, suivez-moi.

À peine arrivé dans le salon, le visage de Karim se fige.

— Est-ce que ça va ? Vous avez l'air pétrifié.
— Euh non, c'est ce tableau, il est spécial.

En suivant son regard, je me rends compte qu'il parle de la toile Divine Temptation d'Ethan.

— Que voulez-vous dire ?
— Ce rouge est puissant, c'est vous dessus ?
— Non, c'est un modèle, ce n'est pas moi.
— Pourtant, il vous ressemble. Il a la même expression dans le regard.
— Vous voyez ça, vous ?
— Je vois même plus que ça, mais je vais m'arrêter là.
— Si vous voulez.
— Qui a fait ça ?
— Fait quoi ? La toile ?
— Oui.
— Un artiste non humain. Si ça vous intéresse vraiment, je peux vous expliquer, mais cela risque de vous ennuyer.
— M'ennuyer ? Au contraire, je veux savoir.
— Peut-être plus tard. Je peux déjà vous dire que l'artiste

s'appelle Ethan Andersen. Installez-vous. Qu'est-ce que vous voulez boire ?

— De l'eau, Monsieur. Vous avez un très bel appartement. C'est vraiment stylé.

— Merci, Karim.

En lui servant son verre d'eau, je remarque qu'il ne peut lâcher son regard d'une autre toile accrochée en face de lui. Sa concentration est si profonde que je lui laisse la latitude nécessaire pour qu'il puisse la contempler à son aise. Soudain, il tourne la tête vers moi et me demande d'un ton étonnamment sérieux qui je suis.

— Vous êtes qui ?

— Pardon ? Je ne comprends pas. Que voulez-vous dire ?

— Vous êtes qui ? D'où sortent ces toiles ? Je n'ai jamais vu ça. Nulle part.

— Celle-là est de Gael Jacqmain.

— C'est un autre artiste non humain, comme vous dites ?

— Oui, toutes celles que vous voyez ici sont de la même nature.

Devrais-je dire cela ? Cette dernière information intrigue Karim. Sa gêne est perceptible.

— J'ai du mal à comprendre ce que ça représente.

— Pour faire simple, la toile s'appelle Trio Ego Trip, c'est la représentation artistique du bilan que chacun devra faire une fois dans sa vie. Lisez la légende et vous comprendrez.

Sans hésiter, Karim se lève du fauteuil et marche à travers la pièce pour en savoir plus. Il s'approche au plus près et lit à haute voix.

— *Trio Ego Trip by Gael Jacqmain. Reality's Spirit in an ordinary man's life journey.* C'est trop fort.

Je souris à son exaltante satisfaction. Lentement, il reprend en français cette fois.

— Trio Ego Trip par Gael Jacqmain. L'esprit de la réalité dans le parcours de vie d'un homme ordinaire. C'est ça non ? Ça veut dire ça ?
— Oui, c'est très juste, vous avez bien compris l'idée.
— Je vous jure Allan, ce tableau est mystique.
— Mystique ?

Ce mot est à la fois drôle dans sa bouche et lourd de sens. Je l'encourage à poursuivre.

— À ce point ?
— Oui, trop fort. Cet homme face à ses propres reflets, on dirait qu'il se fait juger par ses différentes versions de lui-même. Comme s'il voyait son passé et ses souvenirs. En plus, la couleur et les ombres ajoutent du mystère. Ça fait réfléchir à sa propre vie, aux choix qu'on a faits et à ceux qu'on doit encore faire. C'est un peu effrayant, mais génial. J'ai l'impression que c'est moi dans le futur en train de faire le bilan de ma vie. Et le texte est puissant, j'en ai des frissons. C'est quoi, ce truc ?
— C'est de l'art, Karim. Et votre réaction le confirme. On fera tous le bilan. Tôt ou tard.
— C'est vrai, mais pourquoi y penser maintenant ? Vous n'avez que vingt-quatre ans et cette toile vous rappelle à chaque fois que vous allez devenir vieux.
— Pour ne pas que j'oublie, Karim. Justement pour ne pas oublier.

L'intensité de cette discussion est peu à peu devenue insoutenable pour nous deux. Je profite d'un silence pour m'éloigner. Le mieux est de me préparer pour sortir au plus vite. L'ambiance devient lourde et pesante.

Une demi-heure plus tard, je reviens au salon. J'aperçois Karim, de nouveau debout devant la toile. À croire qu'il est là depuis tout ce temps. Sur le ton de l'humour, je l'interpelle.

— Entre-temps, vous vous êtes assis ? Rassurez-moi.
— Ah oui, Monsieur. Mais je veux comprendre comment ce tableau est fait.
— Vous ne comprendrez pas, mon cher. Vous ne comprendrez pas.
— Vous êtes prêt ?
— Oui.

À ma réponse, il me regarde et me découvre transformé. Pour sortir, j'ai renoncé à mes vêtements classiques pour accorder mon style à mon âge. Apparemment, c'est réussi, vu sa réaction.

— Oh là, vous êtes frais.
— Je suppose que c'est un compliment, alors merci.
— Oui, vous êtes trop bien. Vous êtes super même.

Le visage radieux, Karim reprend vie. L'effet du tableau se dissipe lentement. Les questions existentielles me torturent déjà suffisamment, je n'ai aucune envie que mon caractère introspectif ne déteigne sur mon chauffeur.

— Alors, Monsieur, où allons-nous ?
— Vous m'appelez Monsieur maintenant ? Je n'ai pas cent ans.

— Moi non plus, Karim.

— Ha ha, mais vous, vous aimez qu'on vous appelle Monsieur. Vous êtes un jeune vieux ou un vieux jeune. C'est la même chose.

— En tout cas, pour un jeune jeune, vous avez beaucoup d'esprit.

— Eh ben, c'est gentil ça, c'est grâce à vous, je m'adapte.

— Vous le faites de mieux en mieux, je dois dire. Mais sinon où allons-nous ?

— En fait, j'avais prévu une soirée au *Banana*, mais comme il est minuit, ça ne vaut plus la peine de retourner dans le Marais. Je vous propose d'aller à *l'Étoile*. Ce n'est pas loin, je peux réserver une table tout de suite.

— *L'Étoile* ? Oui, pourquoi pas. C'est une bonne idée. Mais au calme alors, un peu à l'écart, je suis un peu fatigué.

— Alors je réserve à l'étage, c'est mieux, ça vous va ?

— Vous m'accompagnez ?

— Oui, si vous voulez, de toute façon je dois vous ramener ici après.

— Ce n'est pas une obligation, je peux rentrer à pied. C'est à moins de dix minutes.

— Mais non, je vous ramène chez vous après, ça ne me dérange pas. C'est même avec plaisir.

— Alors, d'accord.

— Je vais chercher la voiture, je vous attends en bas.

— Je vous rejoins.

13 – TREIZE

Une heure du matin, ou treize heures ailleurs, ou 7 PM à New York. Où suis-je ? Que fais-je ici, entouré de cette foule de prétendants à un bonheur illusoire ?

Ce spectacle parisien est à la fois éblouissant et pathétique. Je suis inexplicablement attiré par ce monde d'illusion et, en même temps, je porte un regard acerbe et critique sur ce que je chéris le plus. De là vient certainement la profonde incompréhension de ma misérable existence. Car comment peut-on à la fois adorer et honnir ? Espérer et redouter ? Chercher et craindre ? Que d'antagonismes, que d'incohérences, que de folie.

Et pourtant, mon monde tient la route. Ma vie est enviable, et mes désirs sont réalités. Alors, que penser ?

— Monsieur. Monsieur. Allan. Monsieur.
— Oui, Karim, je suis là, je vous vois.
— À quoi vous pensez ? Vous n'êtes plus là.

— Mais si, je suis avec vous, mais je pensais à quelque chose d'important.

— Amusez-vous, oubliez tout ce soir. Attends, tu veux quoi ? Une meuf, un mec ? Je crois que je sais, mais bon.

— Vous ne savez rien.

— Ah voilà, enfin une parole de vérité, je n'en sais rien. Alors dites-moi.

— Vous avez des ailes maintenant ? Vous ne vous sentez plus ?

— Ah Allan, vous êtes enfin vivant. Regardez comme les gens sont beaux ici, c'est vrai non ?

— Oui, c'est le moins qu'on puisse dire. Ici, c'est une autre dimension. Tous sont beaux et spéciaux.

— Vous l'êtes aussi, Allan.

— Euh Karim, je vais commencer à me poser des questions. À force de me dire ça, je risque d'y croire.

— Mais c'est vrai, pour moi vous êtes le plus beau ce soir.

— Vous avez l'habitude de dire ce genre de chose à vos clients vous ?

— Clients ? Vous avez dit que vous n'aimiez pas ce mot, vous êtes plein de contradictions.

— Ben ça, c'est bien vu Karim. Au moins là, je suis d'accord.

— Non mais franchement, vous êtes super beau. On doit vous le dire souvent ?

— Oui, on me le dit tout le temps mais je n'y crois pas. Comment ça pourrait être possible ? Regardez autour de vous, il n'y a que des mannequins sublimes ici.

— Ben, vous en faites partie, sinon vous ne seriez pas là.

— Si seulement c'était vrai.

— Mais c'est vrai, vous êtes vraiment bizarre.

— Karim, vous aimez les hommes ou les femmes ?

— Euh, les femmes et vous ?

— À votre avis ? Franchement Karim, quelle question.

— Oui je vois, mais Allan entre nous, vous me plaisez mais pas pour ce que vous pensez. Juste que vous êtes tellement attachant. J'ai envie d'être avec vous tout le temps. C'est très spécial, c'est la première fois.

— Et moi Karim, c'est la première fois que je passe autant de temps avec quelqu'un avec qui je suis censé en passer le moins.

— Pourquoi vous êtes compliqué ? Dites les choses simplement. Est-ce que c'est possible pour vous ?

— Karim, je ne suis pas simple. Si vous voulez, je n'ai pas l'habitude de passer du temps avec quelqu'un d'autre que moi et encore moins avec celui qui est là pour me conduire et me ramener chez moi.

— Vous devenez méchant là. Moi je vous considère comme un ami.

— Mais on ne se connaît que depuis aujourd'hui. Et je ne crois pas à ces conneries d'amitié.

— Conneries ? Jamais je n'aurais cru que ce mot pouvait sortir de votre bouche, je suis déçu.

— Voilà, c'est le début de la fin. Une amitié aussi courte que l'espoir que j'en avais.

— Mais vous êtes sérieux ? Pourquoi être si défaitiste ?

— Défaitiste ? Un mot que je n'aurais jamais cru entendre sortir de votre bouche.

— Ha ha, j'ai compris, vous êtes marrant. Mais vraiment, Allan, je vais vous mettre bien. Attendez, je reviens.

Karim quitte le salon dans lequel on nous avait confortablement installés. Je le vois parcourir la salle d'un pas décidé. D'un coup, je l'aperçois en bas, dans l'espace principal, en pleine discussion. La facilité avec laquelle il s'intègre dans les différents milieux est admirable. Il semble à la fois détaché des conventions sociales et terriblement mondain. Quel étrange personnage.

Le sourire d'un magnifique garçon avec lequel il semble avoir une discussion importante mobilise à cet instant tout mon être. L'éclat de ses cheveux blonds dessinant des vagues délicates sur son visage fin et lumineux attire mon regard comme un aimant. Comment peut-on être aussi beau ?

L'Étoile s'assombrit, les étincelles des bouteilles défilent pour les mannequins, les artistes et leur entourage. Tous rivalisent, ostensiblement, de luxe et de débauche.

Karim profite de cette incertitude pour s'éclipser. Au retour de la lumière, plus personne.

Cette fois, une bouteille arrive à ma table. Champagne Roederer pour moi avec trois verres. Trois ? Karim, moi et ?

— Ah Monsieur Allan. Ça va ? J'ai pas tardé ? J'ai rencontré Romain en bas. Il va venir s'asseoir avec nous si vous voulez bien sûr. Je lui ai dit que j'allais demander.
— Vous avez fait quoi ? J'ai rien demandé, je n'ai rien à dire. Il va s'ennuyer ici.
— T'inquiète, je vais lui parler, il est cool.
— C'est pas mon problème, faites ce que vous voulez.

Une terrible anxiété me prend. Comment quelqu'un comme lui pourrait-il perdre du temps avec moi ? Quel ennui et quelle tristesse. En bas, tout ce que Paris compte de splendeur se dispute la scène, et lui, il va perdre son temps avec moi. Ça n'a aucun sens. L'angoisse m'envahit ; je pénètre dans un état que l'on pourrait qualifier, si l'on veut être extrême, de métempsychose. Mon âme, à cet instant, quitte mon corps pour ne pas avoir à gérer ce qui va inévitablement arriver.

— Bonsoir Allan, moi, c'est Romain.

Romain est un dieu. La plus parfaite représentation du genre humain qu'il m'ait été donné de voir. Comment ce Romain peut-il exister dans le monde réel ?

Absolument tout est parfait en lui, de son sourire à son apparence, de sa voix rauque et grave à son corps divinement sculpté, de sa gentillesse à son charme angélique. Rien n'a d'égal humain. Il est de loin la personne la plus superbe que j'aie vue dans ce monde. Jusqu'à ce jour, rien n'a surpassé sa perfection.

Hébété, enivré, désarmé, je tente de lui répondre.

— Salut. Allan.

Les yeux de Karim s'illuminent, il me dit.

— Vous êtes super Allan.

La limite est atteinte, les larmes me viennent. Devant tant de beauté, je me liquéfie.

— Allan, tu viens de New York ? Karim m'a dit que tu travaillais là-bas. Tu y fais quoi ?
    — Je travaille dans la mode. Mais je fais d'autres choses aussi.
    — Ok, je travaille pour *Elite*. Je vis aussi à New York.
    — Ah ben oui, c'est normal. C'est marrant on va se croiser alors.
    — Qui sait ? J'habite Park Avenue et toi ?
    — Park ? À quel niveau ?
    — Au niveau de la 55e, pas loin du MoMa. Music Hall, Rockfeller et tout, bref tu vois.

— Ouais, je vois très bien. Tu connais le 432 Park Avenue ?

— Oui pourquoi ?

— Tu sais qui habite au 60e ? Ou au 50e ? Ou entre ces étages ?

— Qui habite là ? J'en sais rien. Pourquoi ?

— Parce que j'y étais récemment et je ne sais pas à qui appartient le loft dans lequel je me suis réveillé.

— Excuse-moi Allan mais j'ai du mal à comprendre.

— Ouais, c'est normal. Pardon. Sinon, à part ça, tu es superbe. Vraiment très beau. J'espère que je te croiserai à New York ?

— Merci, t'es beau aussi.

— Oui bien sûr.

Romain est autant beau que gentil. Sa douceur n'est pas feinte. Sa bonté est perceptible et sa modestie, incompréhensible. Il est d'une beauté diabolique et d'une simplicité confondante. Est-ce possible ?

— Romain, si je suis dans un rêve et que je peux choisir qui partagera ma vie éternellement, je veux quelqu'un comme toi à mes côtés. Et si tu es dans mon rêve, alors c'est toi. Sans hésitation.

— Allan, ce n'est pas un rêve, c'est la vraie vie.

— Si seulement.

Karim entre dans la danse à cet instant précis. Il est trois heures, les esprits s'envolent et se rencontrent en apesanteur.

— Les gars, vous êtes tellement beaux tous les deux, je suis jaloux.

Surpris par l'annonce de Karim, on éclate de rire en même temps.

— Tu sais Karim, dans ton genre, t'es pas mal.

— Ouais merci Romain, toi t'es gentil. Tu dis toujours des trucs comme ça mais je sais que c'est pas vrai.

— Karim, tu es très beau, crois-moi.

— Allan, je vous aime.

— Oui moi aussi Karim, moi aussi. Et j'aime beaucoup Romain.

— C'est normal.

— Vous savez quoi ? Si vous voulez on rentre, j'en peux plus. Romain, si tu veux, tu peux venir chez moi, je ne suis pas loin. Tu loges où toi ?

— Victor Hugo, c'est pas loin non plus, mais je veux bien venir chez toi.

— Super et toi Karim, tu viens ?

— Moi ? Je peux ?

— Oui, viens, on va finir la nuit chez moi.

— Sérieux ? Je vous laisse sinon.

— Me laisser ? Venez chez moi et quand vous voulez rentrer, vous rentrez. Je vais dormir moi, je suis mort.

Avec entrain, Romain et Karim se lèvent pour m'accompagner. Je suis étonné de ma soudaine sociabilité. Karim a fait ce qu'il fallait pour me détendre et visiblement c'est un pro. Je marche vers mon appartement accompagné de mon chauffeur et d'un mannequin à qui je n'aurais jamais osé adresser la parole dans aucune circonstance connue.

Et pourtant je suis là, trois heures trente à Paris. Avenue Kléber. Romain et ce que Paris peut offrir de plus beau. Est-ce un rêve ?

Tanger, 12 décembre 2024

ÉPILOGUE

Seul, face à la mer, l'œil plongé dans le bleu de la Méditerranée, Allan contemple les va-et-vient des vagues se fracassant sur la roche. Aspiré par l'infini, là où se rejoignent le ciel et la mer, il perçoit la puissance de cette eau à l'apparence paisible, qui, par sa persévérance, sculpte la roche et façonne le littoral, effaçant peu à peu tous les obstacles sur son passage.

Il repense à sa vie.

Les images de ses moments intenses. Ces jours de sa jeunesse où tout semblait possible. De l'espérance à la désillusion : qu'est-il arrivé ?

Ces derniers mois, depuis la découverte de l'Ultima Codex, des fragments de son histoire refont surface dans sa mémoire. Comme si ce recueil contenait la quintessence de son existence. À travers certains mots, il se voit littéralement propulsé dans un passé qu'il croyait enfoui pour toujours. Et pourtant, les mots ravivent les souvenirs, les réminiscences de son monde perdu.

Durant les premiers jours qui suivirent la lecture des LX, les textes du Codex, Allan a pleuré, beaucoup pleuré. Seul.

Son enfance semblait gravée dans le manuscrit. Son histoire, son récit, son testament. Il crut tenir enfin dans ses mains le sens de sa vie.

Tétanisé par ce qu'il lisait et par le rapprochement qu'il faisait avec son propre parcours, il tenta, dans un premier temps, de partager sa découverte. Pris d'une exaltation incompréhensible, des heures durant, il discuta avec son ami Alexandre de ces similitudes qu'il percevait et de l'improbabilité d'une coïncidence si parfaite. Alexandre, bien que sensible à l'ardeur de sa conviction, n'y voyant objectivement aucun lien, finit par craindre un début de folie. Rien dans le Codex ne pouvait à ses yeux justifier une telle croyance. Les textes, sibyllins et universels, semblaient faits pour permettre à quiconque d'y projeter sa propre expérience.

Allan, persuadé de l'inverse, que seul lui avait la capacité de comprendre les subtilités et l'hermétisme des LX, entra, pour certains, dans un état proche de la psychose. Rien ne put l'en sortir. Ses jours et ses nuits se résumaient à lire et à relire le manuscrit, oubliant ce qui l'avait amené à Prague, ignorant les autres, délaissant Kešu.

Par dépit, Alexandre s'éloigna de lui, et Kešu, qu'Allan aimait tant, n'était plus qu'un spectre à ses yeux. Parfois, il sortait de son état inquiétant pour parler de sa jeunesse à Paris ou à New York. Son visage reprenait des couleurs lorsqu'il partageait le souvenir des soirées à l'Étoile, au Vip ou au Cab avec ses amis Karim et Romain, de sa jeunesse dorée d'il y a plus de vingt ans. La question de ceux qui l'écoutaient, pleins de compassion, était toujours la même : qu'est-il arrivé ?

Alexandre se souvient de ce soir au Temple, la veille du départ surprenant d'Allan pour Tanger. Allan, qui était peu enclin à se rendre dans le Sud et encore moins au Maroc, n'avait pas foulé ce pays depuis au moins quinze ans.

Ce soir-là, en entrant dans le bar, Alexandre vit Allan attablé, le visage radieux, plongé dans une lecture. Son expression étrangement lumineuse incita Alexandre à s'approcher de lui et à lui proposer une vodka avant d'entamer la discussion.

En lui demandant ce qui l'occupait, Allan lui expliqua qu'il avait pu reconstituer les deux premiers textes du Codex tels qu'ils avaient été originellement pensés et conçus.

Alexandre, submergé par une incompréhension totale, refusa de juger et se contenta de demander à voir les textes. Allan se redressa et préféra les réciter à haute voix.

À sa source ultime, le destin tourment,
Accomplit l'ouvrage, de l'homme conquérant.
Comme unique héritage, son âme éprouvée,
De tant de vie se tend, de douceur espérée.

Qu'en présence, la peine occulte la joie,
Il eut des temps heureux terrassés par la loi.
En fleuve d'espérance, elle inonde,
Le corps jamais plein, de tout l'or de ce monde.

D'orgueil ce vil présent, de vanité enivre,
Ce qui se sait mortel, mais renie de le voir,
Quand l'élan de l'instant, le force à le croire.

Allan s'interrompit quelques secondes. Paisiblement, il posa son premier texte, but une gorgée de vodka et reprit la lecture du deuxième texte.

D'un ciel obscurci, un feu furieux se lève,
Tant qu'un millier de flots engloutit la cité.
Et que l'empire se brise par la main de Sève,
En des cris étouffés par le vent déchaîné.

Du règne des néos, naquit l'homme asservi,
Fait de royaumes vaincus, de nouvelles ruines.
La soif du pouvoir, inextinguible, nourrie,
En silence, l'humanité qui s'incline.

Sous le masque figé des maîtres du réseau,
La terre tremble ; et là les enfants cherchent,
L'espoir caché dans le reflet d'un drapeau.

À la fin de sa lecture, Allan précisa qu'il s'était inspiré des deux premiers textes du Codex pour écrire ses deux premières fulgurances. Il rappela à Alexandre que le manuscrit comprenait 72 LX, chacun composé de onze vers. Allan croyait que ces vers renfermaient un savoir hermétique accessible uniquement à lui. Il entreprit de transposer ces vers en fulgurances, les intitulant en référence aux LX de l'Ultima Codex : Fulgurance Ex XI et Fulgurance Ex II pour les deux premiers.

Allan pensait qu'en créant 72 fulgurances, il pourrait reconstituer l'Ultima Codex originel, source du manuscrit qu'il a découvert à Prague. Comme s'il voulait créer l'Ultima Codex Ex Nihilo. Perdu dans cette croyance, Allan franchit un seuil qui le séparait un peu plus de ceux qui l'entouraient.

Intensément touché par la sincérité de l'instant, Alexandre pesa ses mots avant de lui dire :

« Écoute, Allan. Je ne comprends pas ce qui se passe en ce moment. Je n'ai pas la capacité de saisir ce que tout cela signifie pour toi. Ce que je peux te dire en tant qu'ami et frère, c'est que tu es prodigieux. Ce que tu viens de me lire est impressionnant. J'ai même du mal à croire que tu en es l'auteur. Sincèrement, je ne te reconnais plus. Qu'est-ce que tout cela veut dire ? »

Une larme coula sur le visage d'Allan, déchirant sa joue et le cœur de ceux qui l'observaient. Des mots sortirent timidement de sa bouche :

« Alex, je comprends le Codex, je sais ce qu'il veut dire, et je peux le reconstituer entièrement. »

« Mais comment peux-tu déduire ce que l'auteur de l'Ultima Codex a voulu dire dans ces textes ? Ces mots veulent tout dire et rien dire en même temps, Allan. Et pourquoi le reconstituer alors qu'il est déjà complet et entre tes mains ? » répondit Alexandre.

« Je le sais, c'est tout. Il n'y a qu'un sens, qu'une possibilité. Je le sais, crois-moi. L'Ultima Codex n'est pas ce que tu imagines. »

Sur ce, Alexandre acquiesça sans rien ajouter.

Au loin, à quelques tables d'eux, Kešu observait tristement la scène. « Plus rien ne sera comme avant », pensa-t-il. « Allan n'est plus. Et rien n'a plus de sens. » La candeur qui sublimait Jakub le quitta à cet instant où il comprit que quelque chose était parti et ne reviendrait jamais.

Les heures passèrent au Temple. Neuf heures, dix heures, onze heures, la fermeture.

La nuit finit sans vagues.

Avant de sortir du bar, Alexandre rejoignit Kešu pour le saluer. Ce qui réunit ces deux hommes à ce moment est la douloureuse réalité de l'état déplorable de leur ami. Kešu, pris d'une mélancolie inhabituelle à son caractère, demanda avec insistance à Alexandre de prendre soin d'Allan, bien qu'il sût que cela resterait un vœu pieux.

En quittant le bar, Kešu croisa les yeux d'Allan. Son regard lointain, vide, le terrifia. Cette vision effroyable détruisit son moral au point où il préféra, ce soir-là, écourter sa soirée.

Le lendemain, Allan se rendit à Tanger. Seul et sans espoir.

Depuis la terrasse de sa villa à Ksar Sghir, une petite localité située à environ 30 kilomètres à l'est de Tanger, Allan profite d'une vue imprenable sur le détroit de Gibraltar. Cela fait près de quinze ans qu'il n'était pas revenu. Pourtant, rien n'a changé. La ville blanche éclatante, baignée dans la lumière fabuleuse du soleil qui éclaire encore ce joyau délicatement posé entre les collines et la mer, semble toujours flotter sur l'eau.

Ses pensées s'envolent dans l'air marin, sans retenue. Allan se souvient de l'amour que son père portait à cette ville, de l'émerveillement partagé qui le prenait autrefois lorsqu'il s'approchait des rives du Maroc en bateau, de la joie des retrouvailles avec les Marocains, des soirées interminables, des rires des enfants et des rituels sacrés qui duraient trois jours et trois nuits. Puis venaient les tristes séparations, jusqu'à l'année suivante.

Doucement, le soleil fuyant inonde Tanger d'or. Le temps d'un instant magique, le rouge peint la ville qui se noie. Peu à peu, les lumières scintillantes du soir apparaissent, telle une révélation enchantée de sa beauté cachée.

Habité par la splendeur de ce sublime passage, Allan ressent l'envie d'écrire. Il quitte son fauteuil pour y revenir avec des feuilles et son stylo. Se perdant dans son art, il ne remarque plus les bateaux traversant le détroit, ni la danse des oiseaux qu'il admirait sans fin.

À l'approche des trois heures du matin, il sort de sa transe créative pour aller se coucher, sans prendre la peine de ranger ses écrits. Le vent, cette nuit-là, dispersa les feuilles et, telle une toile artistique, on put voir les fragments de son œuvre éparpillés ici et là.

Si les oiseaux pouvaient lire les souvenirs d'Allan, leurs larmes couvriraient certainement les mots qu'ils survolaient :

À mon pèr   *soixante-douze*

                 Amis de toujours K

Codex

               Avenue Kléber   *Jakub, qui a*   *ta*

solitude   *partout*

               espéré grandir loin   *Et que dire*

      de ma vie   *pardon*

          Merci Al   *Si Ro*

               Je vous quitte ce

    LXKeys est le

                     Colombe Tin Ja

        Pourquoi choisir

                   vingt-ans où

      écrits littér   *encore un jour*

si je pars loin et que   *Andromède*   *encore là loi m'a*

      d'avoir essayé   *faibless*   *Paris*

         Seulement avec   *hier j'ai pr*

Le récit éphémère d'une vie livrée au gré du vent.

Cher ami,

Mais ce n'était pas ça, Tanger n'existait plus. Ce Maroc idéalisé n'était qu'un mirage, Au point où j'en suis, je doute qu'il ait un jour existé. Comme ma vie, tout semble évaporé. Dissipé dans une incertitude qui m'accompagne là ou je suis, là où je vais.

J'ai quitté Prague et je vous ai laissés, Jakub et toi, dans l'espoir naïf de retrouver mon âme là où, enfant, je m'abreuvais de bonheur. Hélas, mille fois hélas, il n'y a plus rien. Ni de mon enfance, ni de mon bonheur. De mon Tanger rêvé et de sa magie, rien n'a subsisté.

Neuf jours à peine ont suffi, je renonce à y croire. Les scènes de la vie locale n'ont plus aucune saveur à mes yeux ; ne restent que des clichés éculés. Ni le ballet des femmes voilées frôlant les parois des ruelles étroites de la vieille ville, ni l'esthétisme des visages éprouvés d'un peuple résigné ne stimulent mes sens. Rien ne m'évoque de souvenir. Suis-je mort ? Est-ce mon âme qui s'en est allée ? Que penser ?

Pourtant, autour de moi, les Marocains perpétuent leur art de vivre. Étrangement, leur quotidien me laisse indifférent. Je crois, Alexandre, que je ne reviendrai plus. Je ne retrouverai jamais ce que j'ai été. Je m'épuise à m'acharner à vouloir raviver ma vie. D'avoir trop voulu, je suis vidé de tout.

Depuis toujours, Bruxelles est mon refuge. J'y vais le cœur léger, cédant à l'évidence de mon échec. Je t'écris ce message pour clore notre dernière discussion à Prague.

Je ne suis pas fou, Alexandre. L'Ultima Codex est le catalyseur de mon cheminement existentiel. Durant les dernières années, j'espérais secrètement que quelque chose se passe. J'attendais une cause qui justifierait la suite de ma vie. Une raison de continuer ce chemin dans l'abîme de ma conscience. Enfin, je sais avec certitude que ce manuscrit, l'Ultima Codex, est cette cause attendue. Reste qu'à ce jour, j'en ignore l'effet.

Ton incrédulité face à ma fascination pour ce manuscrit a accentué mon obsession à déchiffrer chacun des 72 textes. La raison est que je suis persuadé d'en connaître le sens profond et que j'ai la conviction absolue qu'il n'y en a qu'un.

Si mon futur doit exister, il ne peut prendre forme qu'à travers cet écrit. Il est la raison, la cause et l'effet qui rend cet avenir possible.

Encore une fois, Alexandre, je ne suis pas fou. Je ressens le besoin d'insister sur ce point pour t'assurer que ma volonté de me consacrer à l'étude du Codex n'est pas due à une errance psychologique, mais est le fruit de la réflexion qui m'anime depuis plus de vingt ans. Je me dois de comprendre ; je me dois de te le dire.

Je ne m'en vais pas, Alexandre. Je suis ici, à Andromède. Si l'envie te vient de me rejoindre, de me rencontrer ou de me saluer, ma porte te sera toujours ouverte.

Pour les années partagées, depuis notre rencontre à l'Incognito jusqu'au Temple à Prague, tu restes mon plus fidèle ami.

Et Jakub sera à jamais la lumière qui a accompagné mes dernières années d'insouciance. Pour vous deux, mon cœur est rempli de compassion et d'amour. Dans ce désespoir qui m'habite, cette plénitude que votre amitié m'apporte est l'ultime récompense d'avoir aimé inconditionnellement. Que votre vie à vous deux soit douce et lumineuse pour toujours.

Allan

Ultima Codex

Allan Hakel a souhaité que le manuscrit soit publié dans son intégralité et sans aucune correction. Pour qu'il soit disponible en tout temps et pour toujours, voici le véritable Ultima Codex tel qu'il a pu le lire.

LXKEYS
Ultima Codex

PECCATUM MUTUM

Ultime destinée pour les âmes esseulées
Le jugement est là à chacun le sien
Terre maudite pour les cœurs endurcis
Invitation à l'enfer promis il y a peu
Misère d'une vie sans joie, sans fard
Autrefois glorieuse, aujourd'hui pluvieuse

Certes le néant est en chacun de Nous
Or et diamants remplissent le vide
Dusse t-il durer un temps seulement
Espoir d'immortalité aussi vieux que vain
Xi est le quatorze qui reste quand il n'y a rien

XI | Lxkeys I

Une fois plus que deux
La lune brille encore
Terre de feu brûle toujours
Inné est l'enfer en lui
Monde d'illusion, de vanité
À chaque temps son déluge

Courbe l'échine et le dos
Ô homme, puissance du rien
Demeure à jamais seul
Espère, car l'espoir nourri
X est seul cette fois

II | Lxkeys II

Union sacrée des destins
L'un et l'autre, se rencontre[nt]
Temps marqué à jamais
Inspire le Dieu qui attend
Mourir pour le croire
Attraction divine du Tout

Couleurs du paradis éternel
Ombres de l'enfer, diffuse[nt]
Douleurs de l'horreur vécue
Exalte l'attente du jour
X est toujours seul hélas

X | Lxkeys III

Univers lié par le lien du Sang
Lentement le secret se referme
Toute les journées à attendre
Initie le plus pur des cœurs
Moment de souffrances nécessaires
Arrivé du bateau bientôt, Vient

Croire même dans le noir total
Oser avouer ce qui est évident
Devoir de liberté ouvrant la voie
Exister sans ombres derrière soi
X est trois fois maître pour cela

IIII | Lxkeys IIII

Un jour vient et l'autre meurt
Lassant du cours de l'eau fuyant
Terre immonde sacrifiée de toute part
Ivre de gloire pour un peuple de fou
Mimant le bonheur, s'il seulement
Amour étant leur voie, royal

Combien de morts dans leur sillage ?
Onde de choc à chaque mouvement
Droit de suite offert aux paysans
Encore si les gueux s'agenouillent
X est le seul à être toujours là

V | Lxkeys V

Utile union unique, unie
Liant des mots esseulées
Toujours cette folie douce
Imitant l'art sans y toucher
Même le fou n'y croit pas
Acteur du vide éternellement

Couleurs de l'arc en ciel
Orage se profile à l'horizon
Dicte la suite de l'humeur
Ennuie des nuits sans fin
X l'innocent qui s'incruste

VI | Lxkeys VI

Usine de l'enfer qui gronde
Luit, la nuit en hiver
Trente sbires s'assemblent
Initie la cérémonie du feu
Monde inventé, une Nouvelle
Augure le jour qui se lève

Combien de morts encore ?
Ode à la vie chantée hier
Décline les notes insensées
Encore et encore et, en cors
X est éternellement là

Usine | Lxkeys VII

Use de la vie
La fin est bientôt là
Terre assassine, cruelle
Irrite les yeux et les oreilles
Meilleur est la suite
Aurore de la Lune qui brille

Ciel, répond à la Terre
Ombres et lumières s'épousent
Duel millénaire voir[e]
Eternel affrontement
X est le juge qui rôde

Terrae | Lxkeys VIII

Utile objet du désir
Lointaines angoisses
Tortures les esprits
Île de pêchers meurtris
Mille fous s'y noient
À l'horizon, l'enfer

Cruelle destinée, ici
Or et diamants fondent
D'hier, le jour s'enfuit
Exclue le passé d'avenir
X l'irascible demeure

Île | Lxkeys IX

Usage de la langue à escient
Lumière dans les ténèbres
Trismégiste est las d'attendre
Imitant l'art jusqu'à quand ?
Miroir des morts et des âmes
Auguste roi qui triomphe de tout

Cimes des arbres en flammes
Orage qui grondent dans la nuit
Deux fous s'embrassent au loin
Espérant revoir le paradis perdu
X est la cause et est toujours là

Lumière | Lxkeys X

Univers de glace et de sang
Lointain espoir du mardi gras
Torture des ingrats qui oubli[ent] vite
Image, du désespoir des âmes damnées
Moment, magique de la saine mort
Arrive quand arrive, l'heure est là

Cartes sur table se joue à huit clos
Onde de choc aujourd'hui étouffée
Deus ex Regina pour mémoire
Exerce en ces lieux, l'unique Vérité
X est la preuve et la boussole

Boussole | Lxkeys XI

Une fois plus que deux
Lie les rires saccadés
Tonnerre ainsi étouffé
Ivre de vie, s'il savait
Meurtre et drame se jouent
À quand le prochain ?

Critique de la raison
Oraison funèbre, ici
Dehors, c'est la guerre
Espoir d'un jour meilleur
X est la seule solution

Critique | Lxkeys XII

Use et abuse de tout
Lyre et la flûte chantent
Toujours la même musique
Imitant l'art ou la vie
Mille fois écrite et chantée
À l'aube, le jour nait encore

Courage d'un destin terrible
Oraison funèbre dans la nuit
Dédain des uns et des autres
Eclaire le sentier des parvenus
X est le rebelle qui attend

La Lyre | Lxkeys XIII

Une sainte journée, commence
Liant nuit et jour, à jamais
Triste destinée, pour ces deux
Invité de la nuit, pour le diable
Militant ardemment, pour le feu
Admirant son désastre, flamboyant

Cœur d'antan, hisse le drapeau
On ne peut s'y résoudre
Dehors c'est, la mort qui rôde
Esquisse de l'enfer, ouvert
X est le même à chaque fois

Triste | Lxkeys XIIII

Ut est une note apparement
Loin de savoir la vérité
Tintant le jour et la nuit
Ile de feu qui hier était
Maudit par le dieu tout puissant
Aujourd'hui brillant de mille feu

Couleur argent ou couleur or
Orages des nuits maudites
Douleurs vives et vivaces
Espoir à jamais éteint
X est le seul qui reste

Orages | Lxkeys XV

Ubiquité divine qui hier
Lassé des mensonges mourut
Tintant des cloches imagées
Imitant le jour encore
Miroir de l'âme éteinte
Aujourd'hui ou demain ?

Croire qu'on existe
Oraison des morts ici
Dedans c'est mort
Espoir éteint toujours
X est le prince tueur

Mort | Lxkeys XVI

Universel est, la mort
Latence du désespoir
Trente et unième jour
Imite le trentième
Mille et unième jour
Arrive dans l'ordre

Certain d'avoir raison
Osmose de l'innocence
Déjà la fin est là
Ecrire pour retenir
X est la clé qui ouvre

X | Lxkeys XVII

Urne maléfique des uns
Longe la route ombragée
Terreur des jours sans fin
Interdit, des toujours égarés
Misère des âmes avides
Attire le néant comme Jamais

Critère de gloire distinct
Oser renoncer pour y croire
D'hier à demande, c'est écrit
Émancipé des chaines
X est toujours la clé

Clé | Lxkeys XVIII

Univers complet de la mort
Lointain encore l'espoir
Terreur des êtres malsains
Initiation à la folie dure
Milite les fous, ici et là
Attriste les autres toujours

Couleurs du feu et des flammes
Ostie du Christ au calice
Douleurs de l'inconnue, ténèbres
Emprise des diables maudits
X délivre du mal toujours

Ténèbres | Lxkeys XIX

Utile honte sur moi
Libère des tourments
Tonnerre de critique
Insiste dans le mal
Moitié homme, moitié femme
À jamais marqué par la bête

Critère de beauté, Pour qui ?
Ose car qui ose vit
Derrière le feu l'eau
Exagère car il n'y a rien
X est la fin, Toujours

Fin | Lxkeys XX

U est une lettre double
Liant des uns en un
Terre et mer se joignent
Iste est le fruit donné
Meilleur est le jour qui vient
À la mer et à l'eau, la fin

Croire encore et encore
Or est la lumière, en toi
Doux est, le rêve éternel
Être pour ne pas être
X est le seul qui est

Or | Lxkeys XXI

Un, nombre premier
L'œuvre a un début
Trouve sa voie, la suite
Irriguant les flots de mots
Mille merveilles attendent
Arts et culture s'épousent

Combien de malheurs vécus ?
Ode à la vie, à quel prix ?
Dehors la mort rôde encore
Espoir de paix illusoire
X est le sauveur encore

Un | Lxkeys XXII

Ultime livre des dieux
Limite du ciel franchie
Terre et ciel se marient
Ivre de bonheur infini
Monde enfin unifié
Aujourd'hui, pour toujours

Cesse la haine, ici-bas
Ouvre la voie à la paix
Derrière le feu, l'enfer
Encore et toujours les mêmes mots
X reste fidèle malgré tout

Répétition | Lxkeys XXIII

Usine des fous enfermés
Lit le livre de la vie
Toute voile dehors, il croit
Imiter dieu avec sa voix
Misère d'orgueil insensé
À jamais perdu dans le néant

Combien de vie perdue ?
Ose demander des comptes
Dire la peine des hommes
En pleurant, jour et nuit
X repose en paix pour toujours

Usine | Lxkeys XXIIII

Ultime livre des comptes
Livre, des anges et démons
Tire les colombes, qui meurent
Île, de désespoir, lointaine
Mer et terre se confondent
À l'eau, la vie qui passe

Combien de morts pour rien ?
Ose demander des comptes
Dernier était, premier sera
Ecrire pour vivre toujours
X, *la force de la loi*

Lex | Lxkeys XXV

Usine de l'enfer encore
Lit d'effroi chaque nuit
Teinte la vie de rouge
Initie la folie qui vient
Maître du vide en roi
Apporte sa peine éternelle

Cahier des damnés ouvert
Oraison funèbre chantée
Dire les mots qui blessent
Espérer la liberté, jamais
X, *six fois trois font loi*

Lit | Lxkeys XXVI

Une vie perdue à jamais
La règle de la mort vient
Toutes voiles dehors, fuit
Ici et ailleurs c'est la même
Misère des fous qui jugent
Arme fatale des tyrans

Crier, pour qui, pour quoi ?
Onde de choc, étouffée
Dix petits nègres, meurt
Ethérée, leurs vies partent
X les rattrape en enfer

Tyrans | Lxkeys XXVII

ULTIMA CODEX EST
L'ultime livre est
Toujours à jamais là
Imite la vie AD VITAM
Minute de vie meurtrie
À qui pourra comprendre

Croire à la folie douce
Orne les musées de feu
Druides et démons liés
Existe ici et maintenant
X, est, les croix de dieu

Ultima Codex | Lxkeys XXVIII

Unifie les livres
Livres des trois
Trace des temps
Invite les autres
Même en enfer
Autrefois paradis

Créer le néant
Oser l'impossible
Deviner le futur
Être enfin là
X pour témoin

Être | Lxkeys XXIX

Unique objet du désir
Lointain le rêve de vivre
Trois fois plus que une
Initie les règles éternelles
Maître et trois fois maître
Arrive ce qui arrive, toujours

Cesse le feu sacré
Ôte les chaines
Deux fois plus que trois
Exister, pour qui ?
X, le seul qui est

Seul | Lxkeys XXX

Uni dans l'adversité
Lointain souvenir du bonheur
Terre promise, à qui ?
Initiation des sages
Milieu de vie fragmenté
Arts et loi se répondent

Crésus est en approche
Orage qui s'en va
Dehors encore l'enfer
Eternelle guerre fait rage
X est le secours toujours

Secours | Lxkeys XXXI

U, *lettre encore une fois*
L, *l'autre qui est là*
Toujours la suite vient
Ici et maintenant
Moitié d'un tout qui est
Armes et fusils du Roi

Combien d'âmes tuées ?
Ombres et lumières, sont
Derrière le masque d'or
Energie du désespoir
X, *misère du néant*

Néant | Lxkeys XXXII

Ut, *la clé de tout*
La, *musique du rien*
Tente du désert
Insiste tout autour
Mieux ici que là
Assurance d'un demain

Cime des arbres là
Oser encore la vie
Dire la mort, vient
Ecrire, pour exister
X, *la lumière fut*

Lumen | Lxkeys XXXIII

Use de toutes tes forces
L'art et la manière de faire
Tiers ou tiers état, est
Imitation de dieu encore
Mers de feu ou feu de dieu
Arrive quand arrive la fin

Combien de morts encore ?
Or est toujours or, ici
Deux fois plus que trois
Existe, les vers répétitifs
X est la clé de l'unicité

Unique | Lxkeys XXXIIII

Usité cette langue démodée
Liant le jour et la nuit
Triste loi de la gravité
Imagine un lendemain radieux
Même les anges n'y croient plus
An de malheur, an mille

Certes, la lumière était
Onde de choc et quel choc
Derrière le rideau, le vrai
Ecrire pour ne pas mourir
X est le sauveur encore

Tristesse | Lxkeys XXXV

Union sacrée toujours
L'une et l'autre se voient
Terreur de l'erreur accomplie
Ivre de regrets et alors ?
Même les fous y croient
À quand la délivrance ?

Cité interdite aux bons
Ose mourir enfin ici
Dernier voyage, ultime
Espérer la mort qui vient
X, la seule qui délivre

Délivrance | Lxkeys XXXVI

Union square des gagnants
L'histoire s'écrit en direct
Toutes voiles dehors le vent
Irrigue les cieux de lumière
Mots bleus pour cœur tendre
Arrimage du bateau en vue

Combien de jours encore ici
Ocre des murs rouge sang
Divine écriture du désespoir
Encore et encore les mêmes mots
X, le six d'hier et d'aujourd'hui

Six | Lxkeys XXXVII

Urne des mots de passage
Lit de certitude absurde
Terreur de l'arrogante femme
Ir est le cri pour qui sait
Moi et toi, qui le tour ?
Astres de folie dansent encore

Ciel avait compris lui
Ondes encore vrillent sur l'eau
Déjà les ombres s'assemblent
Exister coûte que coûte ici
X, le juge qui sait tout, est

Juge | Lxkeys XXXVIII

Unité de misère réunie
Las d'attendre l'heure
Trinité offerte aux spectres
Irrite les oreilles et la vue
Maintes fois repoussées
Au diable les damnés

Cri de stupeur superflu
Ô toi le fou, le maudit
Dire que les anges ont raison
Espérer la rédemption finale
X, le mystérieux refuse

Le Cri | Lxkeys XXXIX

Universel langue de dieu
Limite des esprits malades
Trente et un anges dansent
Ivre dans la nuit qui brillent
Main tendue vers le ciel
Attire les nuées des ombres

Cadre de l'enfer enfermé
Ortho est le mot qui manque
Déjà un était là hier
Exècre la famille maudite
X, encore et toujours là

Universel | Lxkeys XL

Us et coutume des anciens
Large sentier pavé de feu
Triste chemin des damnés
Ici est le lien de tout bois
Meilleur destinée que l'enfer
Âme et conscience liées

Couture des pièges tendus
Orne les plaids, chaudes
Désir d'un repos éternel
Être ou ne pas être là
X, dira ce qui doit être

Être | Lxkeys XLI

Une souris danse encore
La vingtième fois cette fois
Tribune des trois qui veille
Imite l'art, qui imite qui ?
Maison aux enfers attend
À qui la clé, ad vitam ?

Ciel ouvert, ou ciel fermé
Ô créateur du rien, soit
Démons de minuit, ou midi
Et si c'était vrai ? Et si
X, Sixième, on le sait vrai

Sixième | Lxkeys XLII

Univers de folie à moi
L'unique vérité destinée
Tiers et tierce menacées
Inouïe décision inique
Maître le six, mais, Roi
À Charles le trois est

Cartes du jeu éternel
Ode à la vie, perpétuel
Deux vies pour une
Exister deux fois plus
X, reste le juge ici

Roi, Six mai deux vingt trois III | Lxkeys XLIII

Utile charge du Roi
Lien des deux mondes
Terre et ciel unis
I est le neuf du pont
Mers d'ici et d'ailleurs
Âme immortelle attend

Cimetière des éternels
Or et feu pour rien
Dédié à qui cette fois ?
Être et ne pas être nu
X, croise tous, le fer

Fer | Lxkeys XLIIII

Unique fois pour toute
L'arme fatale du vide
Terreur d'une vie gâchée
Ivre de maux éternels
Miel des vivants où ?
À feu et à sang là

Croiser les feus à tiers
Oser mourir encore
Dire la mort arrive
Espoir ô doux espoir
X, la lettre qui reste

Feu | Lxkeys XLV

Use et abuse de tout
Loin l'idée du bien
Tout s'éteint un jour
Initie les âmes froides
Miroir du vrai enfer
À qui le tour, cette fois

Ci-joint la loi et la terre
Ô ci-git le feu et la fureur
Droite erreur du début
Exception, ce passage
X est la voix unique

Erreur | Lxkeys XLVI

Utile objet du désir
Lime l'épée de la justice
Trois souris encore
Ivre ici et là dansent
Mitre et blasons chantent
À terre le feu et l'eau

Compte sur ma vie
Ode à la mort aussi
Druides et dieux savants
Expriment la colère
X est la balance

Balance | Lxkeys XLVII

Ubiquité ou folie ?
L'ivresse de la mort
Terrifie les gentils
Ir est le neuf
Moitié d'un tout
À quand la fin ?

Croire encore à quoi ?
Ombres vaincues là
Droites et encore là
Encre de sang ici
X est la fin de tout

Fin | Lxkeys XLVIII

Un est encore là
La folie guette
Triste sort des fous
Imite les autres
Menteurs et chanteurs
Advienne que pourra

Ciseaux de l'ort
Ose le déluge
Dédain du néant
Être ou ne pas être
X est le sauveur

Sauveur | Lxkeys XLIX

Use encore de tout
La répétition est la clé
Terre de feu brûle
Ir des dieux en colères
Miliciens du monde
Arrive en rafale

Contre vents et marées
On est qui dans cette vie ?
Demande jamais résolue
Espoir vain et vain
X, le tout qui répond toujours

Réponse | Lxkeys L

Unique exemplaire du vide
Lien entre la vie et la mort
Triste sort des malheureux maudits
Ivresse du pouvoir que la mort
Maintes fois appelle à elle
À quand l'œil qui voit tout ?

Cerner d'un regard la loi
Ost est la loi définitive
Démons hantent ces lieux
Ecrire et toujours écrire
X est là, encore heureux

Heureux | Lxkeys LI

Ultima codex cette fois
Lentement expliqué ici
Toute force vive meurt
Incarne le mal qui fuit
Minute de silence ou deux
Attente de la mort qui vient

Couleurs de l'arc ange
Ose le déluge maintenant
Douleurs, féconde des eaux
Estime de soi meurtrie
X, le croisement de feu

Croisement | Lxkeys LII

Urne des cendres, des ombres
Limite la loi des morts
Terre offerte aux damnés
Ivresse de la mort encore
Meurt à jamais meurt
À l'âme troublée qui part

Combien de temps à souffrir
Ondes de choc de la terre
Deux fois encore trois
Existe pour toujours
X, le renouveau est là

Renouveau | Lxkeys LIII

U, la troisième voix
L, la troisième loi
T, la deuxième loi
I, la neuvième porte
M, la quatrième reine
A, la première loi

C, la troisième flamme
O, la sixième porte
D, la quatrième note
E, la cinquième loi
X, la sixième loi

Lex | Lxkeys LIIII

Unité de mesure de l'horreur
Limitant les contours de l'enfer
Toujours et unique thème
Invite les esprits au voyage
Mort et vie ne sont que leurres
Antique et authentique demeure

Certes le vide nous appelle tous
Ôte les chaines de tes pieds
Décide qui sera au duché
Est là que ceux qui doivent
X, le tout qui assure la vie

Vie | Lxkeys LV

Un jour viendra la fin
Lentement arrive la fin
Toujours viens la fin
Invitation au déluge
Moitié d'un tout qui reste
Acteurs des ombres las

Croire à cette vie fade
Ô qui crée et détruit
Décide de la fin enfin
Existe toujours la nuit
X, le tiers de tout

Déluge | Lxkeys LVI

Use encore de tout
Lien de l'un et de l'autre
Tiers état et état tiers
Imite l'art qui imite l'homme
Mer de sable ou de terre
À quand cesse la folie ?

Certifié délirant encore
O, la sixième porte
Dieu est mort sept fois
Encre qui sèche la nuit
X, sort du néant toujours

Homme | Lxkeys LVII

Un, encore une fois
Lieutenant de toujours
Tient lieu en cette place
Ire des savants guérisseurs
Maintien de l'ordre ici
À tout venant, vent et là

Craie sur tableau noir
Ose le dire sans savoir
Dédain des serviteurs
Exerce le pouvoir du rien
X, rétabli la balance

Balance | Lxkeys LVIII

Usité, est-ce un mot ?
Lentement usée plutôt
Terre féconde immolée
Ivre, les gardiens attendent
Meurtres en série pour qui ?
Arrive la nuit en plein jour

Cède la place à la nuit
Orne les murs de ta prison
Drue, la nuit qui dure
Exprime la raison pure
X, le tout qui résiste encore

Résiste | Lxkeys LIX

Utile objet du désir
Lointain souvenir d'hier
Triste rencontre au loin
Ici la nuit tombe
Meilleur le jour qui vient
À quand, éternelle question

Combien de fois répétée
Ô folie douce, reprend moi
Demain, plus vite qu'hier
Exècre le mal autour
X, le nombre trois fois Roi

Rex | Lxkeys LX

Unité de mesure infinie
Lieutenant de ces lieux tenus
Treize rois font la guerre
It's real, c'est véritable
Minute de silence ou deux
Advienne l'heure, sonne le glas

Crise nucléaire cette fois
Ôte tout espoir de paix
Derrière le rideau le feu
Excite les enragés fous
X, le croisement du fer

Fer deux deus | Lxkeys LXI

Ultime mot cette nuit
Lorsque meurt le jour
Trouve le passage étroit
Ivresse encore du rien
Militant du néant encore
À terre, mécréant, Hors

Compte les erreurs, Minable
Ose voir derrière le miroir
Décide du lendemain ici
Encre qui sèche ne coule pas
X met un terme à la folie

Folie | Lxkeys LXII

Urne, des cendres, contient
Lueur d'un crépuscule
Tonnerre gronde soudain
I, la neuvième voix
Moitié d'un tout qui reste
Anéanti toutes les chances

Couleurs de l'arc en ciel
Oraison funèbre des trois
Douleurs aux couleurs ternes
Entame le jour qui se lève
X, deux barres, à jamais croisées

Barre | Lxkeys LXIII

Ulcère du cœur meurtri
Lune et Soleil s'épousent
Tiers monde et quart Terre
Imitation de l'œuvre
Moitié d'un tout en trois
Attire la foudre de toute part

Cerne le feu autour de soi
Ornement des lieux choisis
Dernier chemin de croix
Eclaire la route ombragée
X insiste encore une fois

Ombres | Lxkeys LXIIII

Ure, quel est ce mot ?
Loin la nuit qui vient
Trouver un sens à tout
Irrite les esprits vifs
Maître et trois fois maître
Arc de ciel en cercle

Croisement des destins
Oser encore et toujours
Dire les mêmes mots
Encore et encore
X, le régulateur de tout

Mot | Lxkeys LXV

U, est les manque d'inspiration
Lentement la mémoire failli
Trinité partie en fumée
Imite l'art, cette fois de plus
Même, les fous s'en détache
À venir, le paradis ou l'enfer ?

Crier pour ne pas mourir
Onde de choc internationale
Directement dirigé en haut
Essai de la mort qui vient
X met un terme à tout

Mort | Lxkeys LXVI

Ultime jour où le vrai
Loin du mensonge se montre
Toute voile dehors brille
Ici la vérité qui se voit
Miracles des miracles où
À la nuit cède le jour

Couleur de la paix retrouvée
O, est bleu cette fois
Dire la vérité toujours
Exister pour de vrai enfin
X, le véritable juge

Vérité | Lxkeys LXVII

Usité cette langue française
L'orage fait du bruit
Tonnerre de colère divine
Irrite les oreilles des dieux
Minute de silence ou deux
Attire les anges et démons

Cire et Messire quelle honte
Oser ces rimes faciles
Digne d'un poète maudit
Ecrire pour exister encore
X, le régulateur d'égo

Régulation | Lxkeys LXVIII

Use de la langue
Libre d'écrire et dire
Troie et trois font trois
Ir, c'est neuf en double
Même les fous savent lire
À terre, idiot de passage

Croix de feu et croix de bois
Oraison funèbre de l'enfer
Dessus ou dedans cette terre
Être ou ne pas être en vie
X, le seul qui est toujours

Vie | Lxkeys LXIX

Une souris danse
Lien des fous libres
Tourne cette roue folle
Imite l'art encore
Mille fois répétée
À croire la loi

Critère de justice
Onde de choc
Dernier espoir
Ecrire et mourir
X, deux barres, eux

XX | Lxkeys LXX

Use de la langue
Liberté des damnés
Triste sort des fous
Ici ou ailleurs
Même force, même combat
À quand la délivrance ?

Cerner la vérité
Oser le vrai
Dehors ou dedans
Encore la vérité
X, le juste veille

Folie X | Lxkeys LXXI

Urne, poussière des morts
Lumière tant recherchée
Trouver le chemin
Ici, ou ailleurs
Militaires ou policiers
Assistance pour les fous

Combien d'années folles
Ô folie, Ô désespoir
Décide de la fin
Ecrit la rupture
X nous délivre

Délivrance | Lxkeys LXXII

Table des matières

À propos de l'auteur

Nabil Ziane est l'auteur de la série *Les Racines du Labyrinthe*, qui explore les mystères de l'existence et de l'âme humaine. À l'origine de LXKeys, un concept unique alliant art, technologie et science, il a également écrit *L'Ultima Codex*, une collection de 72 textes énigmatiques mêlant ces disciplines. Ses œuvres, imprégnées de réflexion philosophique, invitent les lecteurs à une introspection profonde et à une compréhension enrichie du monde.

Dans la série Les Racines du Labyrinthe

- Tome 1 : Les Racines du Labyrinthe – L'Ombre de Xi
- Tome 2 : Les Racines du Labyrinthe – Dualité éclairée

Du même auteur

- L'Ultima Codex
- L'Ultima Codex - Editio Latina Aeterna

Pour en savoir plus sur les projets artistiques et littéraires de Nabil Ziane, visitez le site LXKeys.fr.

Composition | © LXKeys
ISBN | 978-2-9603373-5-8
Dépôt légal | décembre 2024
D/2024/15866/06
Belgique

www.ingramcontent.com/pod-product-compliance
Lightning Source LLC
LaVergne TN
LVHW042157190726
843493LV00006B/1717